ASÍ HEMOS HECHO ESTE LIBRO

 Salvo casos excepcionales, trabajamos con una empresa papelera que funciona con biocombustibles locales y se abastece de los bosques cercanos, que gestiona de forma estrictamente sostenible. Ha implantado voluntariamente el Reglamento de la Unión Europea de Ecogestión y Ecoauditoría, y WWF la considera una de las fábricas más sostenibles del mundo.

 Allí fabrican el papel interior y exterior con el que se ha hecho este libro, con unas emisiones certificadas de 365 kg de CO_2 por tonelada de papel: un 50 % menos que la media europea y un 75 % menos que la media española. En otras palabras: uno de los papeles más sostenibles del mercado (además de tener las certificaciones FSC, PEFC, ISO9001, ISO14001 y EU Ecolabel).

 Uno de los mayores problemas ecológicos a la hora de fabricar papel (y de hacer libros) es el consumo de agua: la media europea está entre 10 y 15 litros por kilo según la European Enviromental Agency. La fabricación del papel interior y exterior de este libro ha consumido sólo entre 3 y 4 litros por kilo de papel.

 Queremos eliminar todos los materiales de origen fósil de nuestros libros y de nuestro trabajo. Por eso este libro no está plastificado (si lo estuviera, su tirada habría consumido más de 500 m² de plástico).

 El transporte del papel desde la empresa papelera hasta la imprenta se hace, en buena medida, en trenes de larga distancia, e imprimimos a menos de 300 km de nuestra oficina, todo lo cual nos permite reducir notablemente las emisiones contaminantes.

 Una vez fabricados los libros, los envíos que dependen de nosotros se realizan mediante una mensajería con una de las flotas eléctricas más importantes de España (no es perfecto, lo sabemos, pero supone un primer ahorro de emisiones). Además, el 100% del personal es contratado y cobra un sueldo fijo, no por entregas (algo fundamental para garantizar formas de conducción más seguras para los trabajadores y más sostenibles para el planeta).

 Toda la energía utilizada para editar este libro es 100 % energía verde renovable y certificada. Además proviene de una cooperativa de la que nuestra editorial es miembro, de modo que consumimos la energía que previamente producimos en instalaciones solares, eólicas o de biomasa.

 Todos los recursos económicos utilizados para editar este libro estaban depositados en la banca ética, y allí llegarán también los beneficios (¡esperemos que los haya!). De este modo garantizamos que este dinero sólo revertirá sobre proyectos sostenibles, con un interés social, cultural y medioambiental, sin inversiones en la economía de las energías fósiles.

Si quieres más información sobre estas cuestiones puedes leer el apartado «Compromisos» de nuestra página web o escribirnos a info@erratanaturae.com.

LOS FRACASADOS DE LA AVENTURA

UNA HISTORIA DE LOS AVENTUREROS INSENSATOS,
LOS PIONEROS INEPTOS, LOS NATURALISTAS INCAUTOS,
LOS EXPLORADORES CERRILES, LOS NAVEGANTES OBTUSOS,
LOS PILOTOS TEMERARIOS, LOS ALPINISTAS DESCEREBRADOS…

BRUNO LÉANDRI

ILUSTRADO POR DAVID SÁNCHEZ

TRADUCCIÓN DE TERESA LANERO LADRÓN DE GUEVARA

errata naturae

PRIMERA EDICIÓN: octubre de 2022
TÍTULO ORIGINAL: *Les rates de l'aventure*

© de los textos, Bruno Léandri, 2019
© de las ilustraciones, David Sánchez, 2022
© Errata naturae editores, 2022
C/ Sebastián Elcano 32, oficina 25
28012 Madrid
info@erratanaturae.com
www.erratanaturae.com

ISBN: 978-84-19158-16-1
DEPÓSITO LEGAL: M-19120-2022
CÓDIGO IBIC: WTL
DISEÑO DE PORTADA: David Sánchez
MAQUETACIÓN: Sara Pintado
IMPRESIÓN: Edelvives
IMPRESO EN ESPAÑA — PRINTED IN SPAIN

ÍNDICE

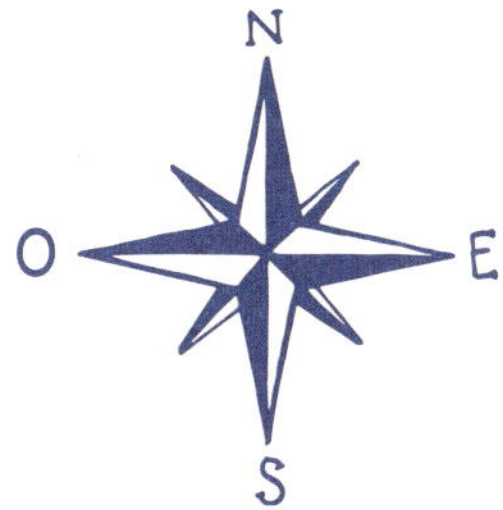

Qué bonita, la aventura. Estamos ahí, en nuestro salón, sentaditos al calor de nuestro cómodo sillón, con una infusión en la mano mientras en el libro o en la pantalla unos tipos hacen cosas que nos evaden de nuestra insignificante vida. Nos colocan ante todos los peligros y se enfrentan por nosotros a los mares, a las montañas, a las tormentas, a los salvajes y a los carámbanos. Son guapos y valientes, están cubiertos de un sudor viril y van mal afeitados, pero en su justa medida. Conquistan el mundo por nosotros y encima llenan nuestras lúgubres tardes con sus historias formidables.

Pero qué agotadores son los aventureros. Siempre al pie del cañón, dispuestos a aparecer en cualquier momento, a pedirte de todo —dinero, admiración, compasión—, a hacerte ver lo miserable que eres con tu vulgar infusión en tu sillón zarrapastroso mientras el viento de la epopeya agita su cabellera ondulada. Son los más fuertes, los más atrevidos, su existencia rica y multicolor le da mil vueltas a nuestra vida diaria vacía y remilgada.

Por eso, a veces, nos entran unas ganas locas de vengarnos de ellos. Porque a pesar de sus bellas palabras, estos héroes magníficos también se pegan leñazos, la pifian, meten la pata hasta el corvejón. Y en ese momento, de repente, se vuelven muy discretos con sus errores, enmudecen ante sus fallos, se escaquean de sus tropiezos. Cuando narran sus fracasos es solo para ensalzar sus victorias.

Así pues, por una vez, tomémonos la revancha: nosotros, los mediocres, los prudentes, los pusilánimes, hundámosles las narices en sus chapuzas, miremos de cerca sus calamidades, ya que las historias de sus infortunios son sin duda más disparatadas y cómicas que las de sus conquistas. Qué placer sádico ver patinar a estos superhombres, ver tropezar con la alfombra a estos conquistadores, ver sufrir reveses a estos fanfarrones, miserable gozo, pequeña venganza. ¿Y por qué? Pues porque mejor miserable y vivo que héroe y muerto.

Y es que el precio de los aventureros metepatas, de los chapuzas atrevidos, de los pioneros inútiles es, a menudo, la muerte. Eso hace que nos riamos con menos ganas. Pero hay fracasos y fracasos. Hay arrogantes calamitosos, garrulos de la aventura y cenizos crónicos a los que nos habría gustado ver ganar. Por eso, mostremos compasión y admitamos que, en el fondo, los admiramos a todos porque, de una manera u otra, nos han hecho soñar. Han sufrido por nosotros, para que vivamos sus escapadas desde nuestro salón, repanchingados al calor de nuestro cómodo sillón, con una infusión en la mano…

P. S.: La primera pifia de este libro es haber obviado la paridad, ya que entre estas páginas no aparece casi ninguna mujer. Pero lo cierto es que para escribir este repertorio, mis indagaciones sobre los aficionados a la aventura más incierta solo me han conducido a candidatos masculinos. Por supuesto, las mujeres también han corrido riesgos insensatos, han desbarrado en la montaña, en el cielo y en tierras ignotas, pero en proporciones tan bajas con respecto a los hombres y de una manera tan discreta —podríamos decir también elegante— que ninguna anécdota descabellada les ha proporcionado la desgracia de entrar en esta galería.

LOS FRACASADOS DE LA EXPLORACIÓN

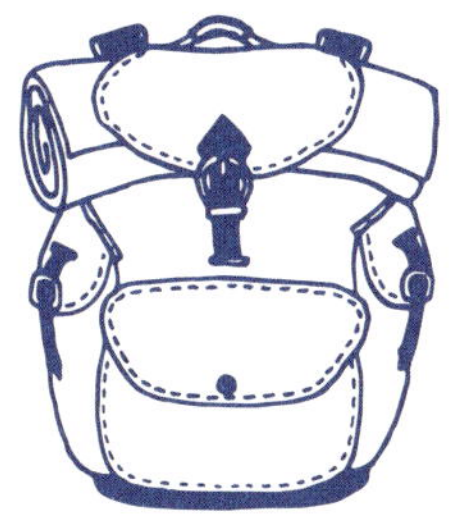

Si otorgamos el diploma de «auténtico aventurero» a los grandes exploradores que impulsaron el ansia por el descubrimiento en todos los rincones del planeta, también podemos suponer que las trayectorias que acaban en agua de borrajas son indisociables de esta vocación, dada la cantidad de destinos trágicamente idénticos: Magallanes, Verrazzano, Cook, La Pérouse y Marion du Fresne terminaron bajo los instrumentos contundentes de algunos indígenas airados o incluso en una marmita.

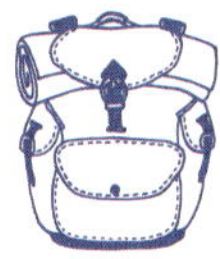

Entre las expediciones interrumpidas repentinamente que acaban en un banquete festivo al que los héroes no están invitados más que como plato, se cita siempre la de La Pérouse (donde lo más curioso no es su propio fracaso, sino el fracaso de su rescate, como veremos más adelante). Sin embargo, se habla menos de Marion du Fresne, cuyas circunstancias a la hora de acabar de manera prematura como solemne postre son igualmente interesantes.

En principio, Marc-Joseph Marion du Fresne no tenía vocación de explorador, sino más bien de aventurero: el navegante de Saint-Malo había recorrido los mares del mundo por razones muy distintas a las del conocimiento, ya que sus dos motivaciones principales eran el dinero y la gloria. Corsario al servicio de su majestad el rey de Francia, viajante comercial en la Compañía de las Indias y traficante de esclavos cuando surgía la ocasión, asumió una misión de expedición con la que pasaría después a la historia a causa de un virus inoportuno del que ni siquiera fue víctima. Su trabajo como empleado en la Compañía de las Indias le resultaba tan gratificante que se había instalado en la «Isla de Francia», el antiguo nombre de la isla Mauricio, muy cercana a sus intereses y al jugoso negocio de los esclavos. Y es entonces cuando el gobernador de la isla, un tipo llamado Poivre («Pimienta» en francés, ¡justo en el núcleo comercial de las especias!), le encomienda una tarea: acompañar a su lugar de origen, Tahití, a un indígena llamado Ahutoru que en ese momento estaba a su cargo. El explorador Bougainville, que se había llevado al tahitiano en su periplo alrededor del mundo en 1769, le había hecho bailar el *tamouré* y tocar el ukelele en Versalles con la promesa de devolverlo después a su tierra natal. En efecto, él lo condujo hasta el océano Índico, pero dejó el resto del trayecto en manos de aquel administrador de apellido especiado. Así pues, a Marion du Fresne le tocan la fibra de navegante y acepta la tarea, que incluye la misión accesoria de aprovechar el largo viaje hacia Oceanía para explorar varias islas australes que parecen prometedoras.

El capitán zarpa de la isla Mauricio el 18 de octubre de 1771 con su preciado pasajero al mando de dos navíos, el *Mascarin* y el *Marquis de Castries*. Pero cuando solo llevan un mes embarcados, el polinesio cae enfermo. La viruela la toma con él y, tal vez menos resistente que sus escoltas, acaba muriendo. Como el capitán ya no tiene ningún cargamento que entregar ni nada que hacer en Tahití, decide centrarse en la faceta exploratoria de la misión. Emprende un largo periplo hacia el sur del Índico y recorre las costas australianas hasta la isla de Tasmania. Allí echa el ancla para reabastecerse de agua y víveres, aunque sobre todo para reparar los dos barcos, que con la niebla se han dado un golpecito entre ellos: ¿por qué dejar que los arrecifes hagan lo que te puedes hacer tú mismo? Pero en Tasmania la expedición no encuentra nada de lo que necesita y vuelve a partir para detenerse un poco más lejos, en una costa más acogedora, la de Nueva Zelanda, ya explorada por Cook. Estamos a 4 de mayo de 1772.

La bahía donde los barcos fondean está habitada por tribus maoríes y, desde los primeros contactos, la relación con ellas es excelente. Cálidos y amistosos, los jefes indígenas se muestran dispuestos a proporcionar todo lo que les piden los blancos y les permiten acceder a sus bosques para extraer la madera necesaria para reparar los barcos. Comienzan los arreglos, amenizados por visitas y fiestas, risas y cantos. Uno de los jefes le otorga a Marion du Fresne el título de «el mejor amigo, al que abrazo, más que a un hermano, en la vida y en la muerte», y lo eleva al rango de jefe de la tribu a su mismo nivel; en definitiva, la gran fraternidad.

Lo asombroso del drama que se avecina es la rapidez con la que los autóctonos cambian de registro. Ha pasado alrededor de un mes. La víspera, los maoríes eran todo amor y sonrisas, pero al día siguiente su mirada no expresa más que odio y recelo. Los marineros notan enseguida el cambio de actitud, pero como las reparaciones no han terminado, el capitán decide continuar como si nada, estos salvajes son unos lunáticos, piensa, ¿acaso no le han nombrado mejor amigo del jefe e incluso jefe mismo? Sin ninguna precaución particular, desembarca como siempre con un grupo de marineros; bueno, ya está bien de caras largas, ¿seguimos con la fiesta? Y una banda más numerosa les revienta la cabeza al instante a él y a sus compañeros. Al ver que el patrón no vuelve, el capitán del segundo barco envía un bote con doce hombres para recoger víveres y averiguar las razones del retraso. Por la tarde, ve que uno de los hombres regresa herido a la nave. Sus once compañeros han sido masacrados y, si les quedaba alguna duda acerca de la suerte del capitán, los bailes amenazadores a los que se entregan los maoríes al día siguiente en la playa mientras agitan la ropa ensangrentada de Marion du Fresne se encargan de disiparla.

En realidad, el ambiente no era tan tranquilo, claro. Entre los marineros y los autóctonos se habían producido los roces habituales de otras expediciones similares, incomprensiones, arrogancia por parte de unos, pequeños robos por parte de otros, y como tensión complementaria, la cuestión de las mujeres, ante las cuales los marineros reprimidos babeaban de deseo después de meses de navegación. Pero el aumento progresivo del mal humor no parecía suficiente para romper unas relaciones que, en general, seguían siendo cordiales. La agresividad llegó de repente. ¿Qué pasó? Los testimonios de los supervivientes de la expedición son contradictorios y no nos han permitido explicar las razones concretas de este cambio tan drástico. Según parece, los marineros en tierra pudieron haber hecho caso omiso de algún tabú, pero ¿de cuál? ¿Cortar un árbol sagrado? ¿Profanar sin querer la tumba de un ancestro? ¿Pescar en aguas donde habían muerto guerreros? ¿Hablar mal de los All Blacks? Los tabúes de estos emplumados eran tan numerosos que vaya usted a saber…

El caso es que la expedición tiene que permanecer allí un mes más para terminar los arreglos en unas condiciones que ya nos imaginamos: atrincheramientos en tierra para defender a los carpinteros, trabajo día y noche en un clima de pánico, expediciones punitivas contra los maoríes para mantenerlos a raya, vigilancia armada permanente... El descubrimiento de unos restos de comida demuestra que los marineros y su jefe fueron cocinados en salsa por los isleños, cosa que tampoco suaviza mucho la atmósfera. Los dos barcos consiguen levar anclas el 12 de julio con cierto alivio y veintisiete hombres menos, y viran hacia otras tierras con tradiciones gastronómicas más pacíficas.

El resultado de la expedición de Marion du Fresne, que al final fue bastante pobre (descubrimiento de dos archipiélagos australes y exploración de las costas de Nueva Zelanda), no habría bastado para que este personaje pasara a la posteridad. Si de vez en cuando oímos hablar de él en los medios de comunicación durante estas primeras décadas del siglo XXI es por una circunstancia externa: le dio su nombre al célebre barco nodriza que asegura las rotaciones entre las Tierras Australes y Antárticas Francesas, las llamadas TAAF. Desde hace unos cinco decenios, el *Marion Dufresne* y el posterior *Marion Dufresne II* transportan materiales y personal para las invernadas en las islas Kerguelen y en las islas Crozet. Estas últimas, por cierto, llevan el nombre del segundo de a bordo en el *Mascarin*: Julien Crozet, que se libró de la barbacoa.

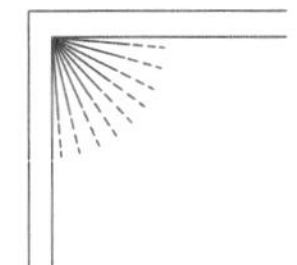

Por su situación aislada en una latitud con inestabilidad climática casi permanente (los cuarenta rugientes, los cincuenta aullantes, los sesenta que cantan por Céline Dion), las islas Crozet, Kerguelen, Príncipe Eduardo y Heard son las tierras más desoladas y desoladoras del planeta. Y lo mínimo que podemos decir de ellas es que no les portaron demasiada buena fortuna a sus descubridores. Acabamos de ver la historia de Marion, descubridor del archipiélago del Príncipe Eduardo, cuya isla principal lleva su nombre. Su segundo de a bordo, Julien Crozet, epónimo de otro archipiélago, consiguió volver a Francia en 1773, pero no logró escapar de su destino: murió cuatro años más tarde en otro barco del que era capitán, el *Elisabeth*, durante un viaje rutinario. Yves de Kerguelen descubrió en 1772 las islas que llevan su nombre, pero le parecieron tan mediocres que no llegó ni a desembarcar. Aunque eso no le impidió llevarle a su patrocinador, el rey Luis XV, un cuadro idílico del nuevo paraíso, tan idílico que el rey le ordenó regresar. El navegante se vio obligado a admitir la verdad tras el segundo viaje. El rey, a quien no le gustaban las trolas, hizo que concluyera la exploración en la cárcel. Antes de llamarse Kerguelen, el archipiélago se denominó durante mucho tiempo «islas de la Desolación». En cuanto al americano John Heard, él tampoco desembarcó la primera vez que vio la isla que lleva su nombre, en 1853, ya que su motivación allí era bien distinta. Como cazador de focas, no tenía interés más que en las zonas de ojeo y captura, y esa no estaba entre sus prioridades. Más tarde, cuando tomó conciencia de las posibles ventajas del descubrimiento, por muy mísero que fuera el lugar en cuestión, dedicó los últimos años de su breve vida a reivindicar la propiedad de la isla ante el Gobierno de Estados Unidos. En vano.

EL HUMO DE ENTRECASTEAUX

1793

Rencillas con los parlamentos, impopularidad creciente, miseria crónica… Cuando, en 1785, Luis XVI envía a su navegante La Pérouse a dar la vuelta al mundo para que se coloque a la altura de su eterno rival James Cook, el *british* flotante, la situación ya empieza a oler a chamusquina. Y las cosas no van a mejorar durante los años siguientes. Mientras el explorador camina entre cocoteros y lagunas de aguas topacio, a su patrocinador se le acumulan los contratiempos y se ve obligado a caminar entre revueltas. En 1791, cuando se cumplen tres años sin noticias del enviado de su majestad, empiezan a temer que esté en apuros. El todavía rey (al menos durante un año más) se inquieta, aunque más le valdría inquietarse por sí mismo. Con el poder que le queda, y de acuerdo con la asamblea legislativa, decide nada menos que enviar una expedición de rescate y le encarga a un caballero de su marina de guerra que vaya a buscar a La Pérouse y que le traiga el periódico a la vuelta, hágame el favor.

El vicealmirante Antoine Raymond Joseph de Bruni d'Entrecasteaux parte al mando de dos fragatas, la *Recherche* y la

Espérance, hacia el océano Índico y Oceanía, desde donde llegaron las últimas señales de vida de La Pérouse. Durante dos años, el improvisado socorrista recorrerá dos océanos en círculos, en zigzag, hacia el norte y hacia el sur sin encontrar ni un botoncito de las charreteras de su predecesor. Sin embargo, lleva a cabo su trabajo a conciencia, recoge cualquier rumor en los puertos frecuentados por los escasos navíos europeos que pasan por allí y a través de las tribus con las que se puede hablar, lo cual le lleva a explorar las costas de Australia, hasta rodearla por completo, así como las de Nueva Zelanda, las de Nueva Caledonia y todos los archipiélagos oceánicos donde los indígenas aún viven tranquilos sin haber visto jamás a un blanco, mucho menos con dorados colgando de la pechera. Así que nada de nada. La Pérouse ha desaparecido del mapa.

Como buen servidor de su majestad, Entrecasteaux cumple con la otra misión encomendada, la de echar un vistazo a las islas aún desconocidas y catalogarlas en nombre del reino de Francia antes de que lo hagan los casacas rojas. De ese modo, el vicealmirante atraviesa, entre otros, un vasto archipiélago del que hasta entonces solo han explorado una parte y que ahora se llama islas Salomón. Como los territorios son tan numerosos, no les da tiempo a desembarcar en todos, de modo que se limitan a observar con atención las orillas con el catalejo para identificar los restos de algún navío o de algún desembarco. En realidad tampoco están muy atentos, porque las cosas no van demasiado bien a bordo. La tripulación no sufre el virus revolucionario que sacude Francia en ese momento, sino lo que en esa época es considerado el principal enemigo del marinero: el escorbuto. Pese a todo, aun sin conocer la palabra «avitaminosis», a finales del siglo xviii ya se había constatado que los enfermos mejoraban cuando comían alimentos frescos, aunque la respuesta no fuera inmediata. Pero por lo general los navíos continúan abasteciéndose, de cara a las largas travesías, de los víveres que se conservan con mayor facilidad: legumbres y carne seca. Por supuesto, los ingleses, una vez más, fueron los primeros en darse cuenta de que la solución consistía en el aporte preventivo y sistemático de fruta fresca y, durante esa década de 1790, comenzaron a reducir la enfermedad en su marina, lo cual les daría cierta ventaja estratégica durante los siguientes decenios.

Sin embargo, en Francia todavía no se sabe demasiado de este asunto, de manera que cuando un barco permanece en el mar más de cuatro meses, vuelve la misma cantinela: marineros que arrastran el pellejo y dientes que se caen. Y esto es lo que está a punto de pasar en los barcos de los salvadores. Precisamente en ese mes de mayo de 1791, nuestros intrépidos buscadores, algo cansados ya, exploran un grupo de islas desconocidas en el este del archipiélago Salomón, las que ahora llamamos islas de Santa Cruz. Y como todos esos territorios carecen de nombre, el capitán está obligado a bautizarlos, lo que requiere un gran esfuerzo de la imaginación. A lo largo del viaje ya han utilizado el nombre de todos sus oficiales, de sus protectores, de su familia, de sus gatos, de sus perros y, cuando bordean la barrera de coral de esta última isla

remota del extremo oriental de las Santa Cruz, ya no se le ocurre nada más. Entonces el capitán le pone el nombre de su barco, la *Recherche*. «La isla de la Recherche, suena bien, ¿no? ¿Qué le parece, teniente? Y procure que no se le caigan más dientes en mi sopa, haga el favor».

Ese 19 de mayo de 1793, en vista del estado de salud de la tripulación, no se demoran y, cuando un marinero escrupuloso recalca que sale humo del bosque que cubre la isla, le responden que la nave *Recherche* ha terminado de buscar en la isla de la Recherche y que los *rechercheros* salvajes también tienen derecho a hacer fuego, y que mejor se ocupe de sus encías. Sin más, los navíos zarpan hacia alta mar en dirección a Nueva Guinea.

Después de un buen número de marineros y de varios de sus segundos, el 21 de julio de 1793 le toca morir de escorbuto al vicealmirante. No volverá a ver su Provenza natal, aunque eso no es tan grave, ya que si hubiera vuelto no solo se le habrían caído los dientes, sino la cabeza entera, y el resultado habría sido el mismo. En la Francia del Terror, los apellidos tan largos y nobles como el suyo ya no están en olor de santidad, y su hermano Jean-Paul, que se quedó en la región como antiguo presidente del parlamento de Provenza, ya tiene cita para la máquina de decapitar entusiasmos y pasará por la guillotina al año siguiente.

Las dos fragatas, capitaneadas por los segundos de los segundos, emprenden con dificultad el camino de vuelta entre las epidemias y los nuevos enemigos de Francia en guerra: Inglaterra, España y Holanda, cuyas flotas infestan las aguas. Los barcos no logran sobrepasar Java, donde los holandeses los retienen durante un tiempo para después abandonarlos en un estado lamentable. Reciben noticias de Francia y de su rey decapitado: elige tu bando, ciudadano. Los tripulantes, ya mermados, se diluyen entre naciones, facciones y deserciones, pero un puñado de hombres capturados por los ingleses volverán a Europa, donde serán aliados, en el caso de los monárquicos, o prisioneros, en el caso de los republicanos. El primero en regresar a la madre patria después de un sinfín de rodeos inverosímiles será uno de los tenientes de armas de la *Recherche*, Jurien de La Gravière, a finales de 1795, es decir, cuatro años después de su partida. Unos cincuenta hombres de los doscientos diecinueve que abandonaron Brest, entre ellos varios científicos, alcanzarán la Francia republicana a lo largo de los años siguientes, pero la atención al personal de tripulación es tan escasa que incluso hoy ignoramos la cifra exacta de los retornados.

La expedición de Entrecasteaux fue, por tanto, un fracaso en toda regla, salvo en la identificación de las costas y de varias islas. El misterio en torno a la muerte de La Pérouse se extenderá hasta 1827. Ese año, un explorador inglés (¡como siempre!) encuentra indicios que le encaminan hacia una isla donde podrían haberse quedado encallados los dos barcos de La Pérouse, ¡vaya, hombre!, precisamente en las islas de Santa Cruz. Al llegar descubre, en los arrecifes que rodean la isla, los restos del naufragio de uno de los dos navíos, el *Astrolabe*, y los del otro no andan lejos. Un año más tarde, el francés Dumont d'Urville confirma el descubrimiento: la isla se llama Vanikoro, aunque algunos aún la conocen con el nombre que le puso Entrecasteaux, la Recherche. Localizan los restos del segundo navío. Ese trozo de jungla de apenas veinte kilómetros de extensión en su parte más ancha fue el final de trayecto de los barcos de La Pérouse. Además de los descensos submarinos a los pecios, que revelaron valiosos vestigios, las excavaciones arqueológicas tienen lugar en 1999 y más tarde en 2003 en la propia isla. Estas revelan que los marineros de la expedición sobrevivieron durante varios años después del naufragio en un lugar que en lo sucesivo se llamaría el «campo de los franceses». El 19 de mayo de 1793, mientras Entrecasteaux estaba a tiro de coco de la playa, los marineros de La Pérouse aún vivían en el bosque. ¿Estaría el propio La Pérouse entre ellos? ¿Moriría durante el naufragio? ¿O lo matarían y se lo comerían los isleños? Si el pánfilo de Entrecasteaux hubiera movido un poco el culo para ver de dónde salía el condenado humo en vez de preocuparse tanto por sus molares, tendríamos las respuestas a todas estas preguntas. En cualquier caso, ¡menudo socorrista, venir desde tan lejos y quedarse a escasos cientos de metros del rescate!

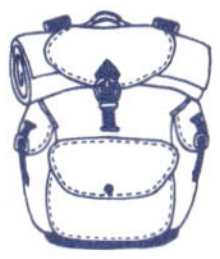

PERCY FAWCETT, DE LA Z A LA Z

1925

La historia del explorador inglés Percy Fawcett regresó a la memoria de la gente con el estreno de la película *La ciudad perdida de Z* en 2017. Este militar de carrera especializado en topografía dirigió varias expediciones en la Amazonia profunda, a principios del siglo XX, por encargo de la Real Sociedad Geográfica de Londres. Se quedó tan hechizado con los efluvios embriagadores de los misterios de la selva que finalmente cayó en la marmita: se hizo adicto al gigante verde y su pasión lo llevó a disolverse en la espesura. Su odisea posee todos los ingredientes de una novela de aventuras o de un guion de Hollywood. De hecho, muchos opinan que Fawcett inspiró a Spielberg para crear el personaje de Indiana Jones.

Después de media docena de expediciones cartográficas a lo largo de la frontera entre Brasil y Bolivia desde 1906 hasta 1910, el oficial británico establece una lista impresionante de las maravillas que se encuentran en las profundidades de la selva escondidas tras las lianas: tribus desconocidas con características extraordinarias, ruinas antiguas de grandiosas ciudades olvidadas y otras aún habitadas, animales no clasificados, algunos con trompa, con tentáculos e incluso prehistóricos, minas recién abandonadas rebosantes de metales preciosos y ríos encantados. Supongo que habría añadido alguna base extraterrestre si los ovnis hubieran estado ya de moda cuando les pidió a sus patrocinadores, en 1911, que financiaran una nueva expedición con objetivos personales, pero no fue el caso.

Dichos patrocinadores lo despachan con cortesía y le aconsejan que tenga cuidadito con el mezcal. Fawcett se consuela continuando sus investigaciones en los anaqueles polvorientos de las viejas bibliotecas londinenses cuando de repente, para su gran emoción y la mayor alegría de los guionistas del futuro, se topa con un manuscrito del siglo xviii en el que un oscuro conquistador portugués describe las fabulosas maravillas de una ciudad que solo él conoce, en la cuenca de un río llamado Xingú, al este de Mato Grosso. Cubierto de sudor, el arqueólogo acaba de encontrar el objetivo de su vida, pone el dedo sobre el misterioso mapa y decide bautizar el misterioso asentamiento como «la ciudad de Z», pues ese nombre es mucho mejor, por ejemplo, que «la ciudad de Monique», y el director de fotografía rueda la escena con luz rasante y filtro 2, preparen una música acorde.

Pero en ese momento estalla la Gran Guerra, y el explorador retoma el uniforme durante las hostilidades. De todos modos está sin blanca, así que tendrá que esperar hasta 1925 para montar otra expedición a Brasil, en la que participarán su hijo mayor y un amigo de este.

Después de advertir a su familia de que a lo mejor tardan un poco en regresar y de pedirles que les rieguen los geranios, los tres hombres se adentran en la selva de Mato Grosso en busca de la ciudad de Z, que desde ese momento adquiere en el imaginario colectivo el rango de capital del aventurero fantasma, a la par que Mu, R'lyeh y la Atlántida.

Y los aficionados al misterio pueden estar contentos porque, después de un último mensaje escrito en la cuenca del Xingú, nos quedamos sin noticias de la expedición. A partir de 1927 se da por hecho que los exploradores van a tener dificultades para devolver el préstamo que solicitaron para costear el viaje, ya que han desaparecido, pero desaparecido de verdad. De ellos no encuentran ni un sombrero. Sin embargo, rulan por ahí montones de historias: Fawcett no está muerto, una tribu de indios lo ha adoptado porque lo consideran un dios, ha encontrado al rey de la ciudad de Z, se ha casado con la princesa y se ha convertido en inspector de Hacienda de Z, lo han visto aquí con vida, lo han visto allá haciendo *rafting*. Aparece incluso un testigo europeo que dice habérselo encontrado con ropa andrajosa, pelo largo y barba de cuatro días. Enseguida los periodistas se interesan por un acontecimiento tan proclive a dejar volar la imaginación y los artículos se suceden. Sobre todo cuando, en 1928, la primera expedición de rescate organizada por un americano llamado Dyott encuentra al fin un rastro serio de los desaparecidos, un medallón que pertenecía a Fawcett, en el cuello de un jefe indio. Este afirma que el blanco se marchó después de haberle hecho ese regalo. En la vorágine de hipótesis febriles, he aquí la favorita de los lectores: el inglés ha abandonado voluntariamente esta civilización ingrata y se ha integrado en una tribu desconocida donde se ha convertido en chamán.

Y un buen día, a finales de la década de 1930, Percy Fawcett aparece donde nadie lo esperaba, en la página 48 del álbum de Tintín *La oreja rota*. Al igual que en otros volúmenes, Hergé se inspiró en la actualidad, y la historia del explorador que se niega a volver a la civilización le gustó tanto que creó con él un personaje para su tebeo. Tintín se topa en el corazón de la selva amazónica con un aventurero harapiento de barba larga y blanca llamado Ridgewell. Este le ayuda a encontrar el fetiche arumbaya, pero no le proporciona el plano de metro de Z.

Durante las décadas siguientes, se suceden varias expediciones, esta vez reales, que perpetúan la fama del enigma sin aportar más que los relatos contradictorios recogidos a través de las distintas tribus locales. Algunos indígenas afirman que al blanco lo mataron, otros dicen que se marchó. Pero en lo referente a pistas concretas, no hay novedad. El paso de los años y el avance de la civilización en la región, con sus buldóceres, sus carreteras, su asfalto y su soja transgénica, no han permitido descubrir el menor indicio bajo los restos de la selva saqueada. En varias ocasiones se determinó con total seguridad la suerte de los tres ingleses, pero luego se desmintió, incluso se encontraron huesos que al final resultaron no ser de ellos. Hay quien no se baja del burro: Percy Fawcett sigue vivo, por más difícil que sea hoy esconderse en esa zona.

En definitiva, si el aventurero no ha encontrado su ciudad maravillosa pero ha proporcionado combustible para la imaginación durante casi un siglo, ¿podemos hablar de fracaso? En la fecha del estreno de la película, Fawcett habría tenido ciento cincuenta años. Aunque, según dicen, en la residencia para mayores de Z la medicina hace milagros.

RAYMOND MAUFRAIS Y SU PAPÁ

1950

A mediados del siglo xx, las llamadas «zonas blancas» de los mapas se encogieron como lo hace el hielo de la banquisa en la actualidad. Las últimas extensiones donde nunca había llegado el ser humano se redujeron a ciertos sectores de la Antártida, del océano Ático, del Sahara, varios barrancos del desierto de Gobi y unas cuantas cuencas de la selva amazónica. No hacía falta más para azuzar la imaginación de algunos, ya que la exploración es un poder atrayente para el ser humano incluso cuando ya no queda nada por explorar.

Fugitivo desde los diez años, el pequeño tolonés Raymond Maufrais, nacido en 1926, albergó desde muy pronto sueños de evasión hacia regiones vírgenes. Primero *scout* y después, a imitación de su padre, miembro de la Resistencia a los dieciséis años, su ajetreado destino está escrito de antemano: va a largarse y, entre los pocos agujeros perdidos del mundo donde nadie ha husmeado jamás, elegirá la Amazonia, como su gran predecesor, Percy Fawcett. Pocas veces una vocación aventurera ha estado tan predeterminada.

Lo que tiene de excepcional la epopeya de Raymond Maufrais es que conocemos todos los detalles de sus peripecias, hasta el más mínimo pormenor… salvo el final. Y sin duda esta frustración es lo que le otorgó los focos de la prensa, pues la propensión al misterio funciona en todas las épocas.

Y es que Raymond no es científico ni militar ni prospector ni geógrafo ni conferenciante: la única justificación para sus excursiones es la escritura. Todo lo que hacía estaba destinado a generar material para artículos y libros y su única financiación provenía de las revistas. Un aspirante a aventurero aprendiz de periodista movido únicamente por el placer del movimiento, del descubrimiento y del riesgo. Y hay que reconocerle que, para la aventura, después de la Segunda Guerra Mundial, no había un sitio mejor que la Amazonia: allí se reúnen todos los ingredientes, allí todos los peligros bailan la samba. Bandidos asesinos, traficantes de todo tipo de productos, animales venenosos, plantas tóxicas, indígenas homicidas, vicisitudes climáticas, funcionarios corruptos, militares descarriados, trampas naturales… todas las calamidades potenciales se unen allí, solo faltan los chistes malos de Pablo Motos. Así pues, Raymond decide afrontar a pie y a solas el nebuloso objetivo de explorar las porciones de selva desconocidas (como si todos aquellos territorios no fueran poco más o menos parecidos), y de ir en busca de tribus indígenas que jamás habían tenido contacto con la civilización, cuyos miembros, según le habían dicho, en algunos casos eran rubios, altos y campeones de golf en nueve hoyos.

Una cosa es segura: con un cóctel como ese, sus libros se venderían bien, pero había que volver a casa para escribirlos. La primera vez lo consiguió…, a medias: se fue a recorrer Brasil en 1946, sin blanca y sin un propósito concreto, y estableció los contactos necesarios para integrarse en una misión de pacificación para indígenas rebeldes en pleno Mato Grosso. Volvió (por los pelos) y relató su andanza pero no se la publicaron. Con todo, había adoptado la técnica del diario y tomaba notas todos los días durante sus periplos con la intención de utilizarlas en futuros libros o artículos. Por eso conocemos al dedillo los incidentes que vivió a lo largo de sus recorridos y hasta el número de ampollas que le salieron en los pies.

Se marcha de nuevo en 1949 con la exigua subvención de un periódico que le ha encargado una serie de reportajes: su sueño, por fin, más o menos hecho realidad. Sin salir de la Amazonia, esta vez se dirige a la Guayana. Al menos así sigue en Francia. Al principio escribe varios artículos mientras va y viene de Cayena; después, se une a una expedición geológica que desciende hacia el sur por el corazón de la selva. Llega a Maripasoula, la comuna más extensa de Francia, como lo oyen, y la que presenta la densidad de población más baja. Allí no parece que vaya a llegar el tranvía de momento. En la actualidad, de hecho, no tiene vías terrestres, solo se puede llegar en avión o en piragua. Pero ni falta que hace construirlas porque sus residentes más apacibles son buscadores de oro clandestinos armados hasta los dientes.

Maripasoula (donde la que va se queda soula, perdón, no he podido evitarlo) será el punto de partida de su solitaria y pedestre expedición a través de la sierra de Tumucumaque y la gehena verde. Consigue que un gendarme de la zona (que sobrevive a base de antidepresivos naturales) lo lleve hasta la aldea de Grigel en Blablapiragua. Si buscamos Grigel en cualquier página de alojamientos, el resultado será, por supuesto: «Cero habitaciones en Grigel, cero fotos y cero recomendaciones».

Y allí que va él, con su mochila, su machete, su carabina, su perro llamado Bobby —imposible inventarse algo así— y el cuadernito donde lo apunta todo. A partir de entonces comienza la verdadera pesadilla que había ido a buscar: hambre, cansancio, disentería, heridas. Llega a la orilla del Tamurí, en el sudeste guayanés, en un estado de agotamiento extremo. Contaba con la caza y la pesca para sobrevivir, pero la única presa que logra abatir y zamparse es a su perro, adiós Bobby. Su sufrimiento, sus tormentos, sus desgracias, sus menús…, todo está recogido por escrito. Llegado a este punto, Raymond decide tirar la toalla y volver a la civilización, con sus Carrefour y sus Decathlon, pero el regreso no resulta tampoco fácil. El primer pueblo está a setenta kilómetros y, como su machete está gastadísimo de tanta caminata por la selva, ¡decide ir a nado! Estamos a 13 de enero de 1950. Protege bien sus cosas y sus cuadernos, se cuelga una bolsa impermeable del cuello y al agua patos.

El desenlace no lo conocemos porque no hay más notas ni más cuadernos. Nadie lo vuelve a ver. Por supuesto, es muy probable que se ahogara y, como por esos ríos no todos los peces son veganos, parece bastante lógico que su cuerpo no apareciera.

Ahí termina su periplo, ahí comienza su carrera mediática. Aunque un joven aventurero en busca de jarana no tiene mucho interés para el público, cuando desaparece, se convierte de la noche a la mañana en un asunto la mar de atractivo. Porque en este caso a la aventura fallida se le añade una epopeya filio-sentimental: al padre, que sin duda se parece mucho a su hijo, se le mete en la cabeza buscarlo. Durante doce años, el papá recorrerá la Amazonia de cabo a rabo, en una veintena de expediciones, para tratar de encontrar al crío. Y con tanta obstinación, descubre incluso intactos los objetos personales y los cuadernos de su hijo.

Desde ese momento, la fantasía periodística lo acompaña: lo que a partir de entonces se denomina «el caso Maufrais» despierta la imaginación como un eco redundante de la historia de Fawcett. Está vivo, se ha unido a una tribu de indios que lo ha adoptado, se ha convertido en jefe de una banda de traficantes de oro, deambula amnésico por Brasil, donde el padre ha formado un dúo de bailarines de claqué con su hijo mayor desaparecido. Los radiestesistas meten baza, encuentran testigos que afirman haberlo visto; los sinsabores del padre —que pasa de la desilusión a las falsas esperanzas, es víctima de timadores y mitómanos, y cae incluso en la casilla de la cárcel— interesan muchísimo a la prensa. Es el padre quien vive la verdadera aventura del hijo. Y quien le saca partido: su búsqueda desesperada se vende bien. El libro del vástago que no llegó a publicarse encuentra ahora editor, los cuadernos aparecen en un segundo libro varias veces reeditado, y el padre a su vez cuenta su aventura conmovedora en un tercer libro sucedido por varias películas y programas televisivos.

Si quiere usted triunfar en la vida, cómase a su perro y desaparezca.

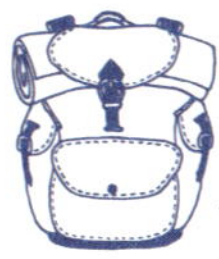

A lo largo de los siglos, la exploración fue sinónimo de conquista, de apropiación. No ha sido hasta hace poco cuando los exploradores se han convertido en meros observadores. Sin embargo, parece que la voluntad de predisponer a las poblaciones salvajes para que se adapten a los estándares de la civilización persiste en el hombre blanco igual que el virus del herpes. Aunque en el mundo apenas quedan grupos humanos separados del resto de la humanidad industrializada a paso galopante y los últimos que sobreviven en islas o valles casi secretos están protegidos como los rinocerontes blancos, aún hay energúmenos que van a hacerles la puñeta con la vista puesta en el lucro y los teléfonos inteligentes obligatorios, aunque utilicen el mismo pretexto rancio que justificó en el pasado los primeros atropellos de la vida salvaje: la evangelización. En este sentido, el reciente caso del estadounidense John Allen Chau sobrepasa el entendimiento. Este joven exaltado de vcintiséis años, embebido de histeria religiosa, descubre que todavía existen tribus aisladas en las islas del océano Índico que viven como en el Neolítico, desnudos, alimentándose de la pesca y de la recolección, sin conocer al verdadero Dios. O, mejor dicho, el Dios de John Allen Chau. ¿Cómo? ¿Ovejas del Señor que no conocen los favores de la Iglesia católica romana? ¡Esta tarea es digna de un neomisionero de los tiempos modernos decidido a recoger el testigo de los grandes pastores del pasado para llevar a cabo su cruzada él solo!

En otoño de 2018, se embarca de inmediato hacia las islas Andamán. Allí se entera de que, para él como para todo el mundo, el acceso a la isla donde vive la tribu protegida está prohibido por las autoridades indias y que la población rechaza con vehemencia cualquier tipo de contacto. Qué más da, esa no es razón suficiente para que un verdadero caballero de Cristo se desanime. Convence a los pescadores locales para que lo transporten, pese a que tienen argumentos de peso para no hacerlo, y desembarca una primera vez. Los autóctonos, furiosos, lo devuelven al mar de muy malas maneras. Pero no lo matan. Él cree ir por el buen camino: ya ve las conversiones a porrillo. Les paga aún más a los pescadores y regresa. En esta ocasión, para hacerse entender, los nudistas atrabiliarios acompañan sus argumentos con un aluvión de flechas. El mártir, que quizá solo esperaba serlo —san Sebastián 2.0—, se queda en el sitio. Y, doble castigo para un mártir de la evangelización, ni siquiera tendrá una cruz sobre la tumba: para no crear problemas inútiles en este contexto tan delicado, las autoridades decidieron no recuperar el cuerpo.

LOS FRACASADOS DEL AIRE

Por lo general, el primer vuelo en globo aerostático, fechado en 1783, marca el inicio de una era en la que el hombre pone sus sucias manos en la única dirección que aún no estaba contaminada con su presencia: la vertical. Pero las cosas se precipitan con la llegada de las aeronaves más pesadas que el aire: entre el primer despegue de una máquina con motor, la de los hermanos Wright en 1903, y la primera travesía aérea por el Atlántico realizada por los británicos Alcock y Brown[1] en 1919, pasan dieciséis años. Dieciséis años intensos donde el avance técnico se acelera y da lugar a una carrera de récords de altitud, de distancia, de velocidad…, aderezada por una hecatombe de energúmenos que se lanzan al cielo con mecanismos rudimentarios, que ven genialidades en cualquier idea y que se estrellan de una forma tan pertinaz que no hace falta buscar mucho para dar con ejemplares asombrosos.

---

[1] *Y no Lindbergh, como algún pueblo vanidoso todavía cree.*

EL ALA DELTA DE LILIENTHAL

1896

Por supuesto, hubo un precursor. Un majareta que se lanzó desde lo alto de un peñasco con un cachivache en los brazos parecido a un par de alas de pájaro —si ellos pueden, por qué yo no— al grito de «¡estoy volando!, ¡estoy volando!», antes de hacerse papilla contra las piedras situadas varios metros más abajo. A partir de ese han sido muchos los que, a lo largo de las épocas, provistos de aparejos diversos, han saltado al vacío del mismo modo, y también han sido muchos los aventureros de la gravedad a quienes han tenido que recoger con cucharilla. El primero en dar un salto medianamente decente antes de estamparse contra el suelo se llamaba Otto Lilienthal.

A finales del siglo XIX, aprovechando hábilmente el avance en los materiales, la carpintería con maderas más ligeras y sólidas y la fabricación de telas menos densas y más manejables, Lilienthal tuvo dos ideas brillantes. Una: al contrario que sus predecesores, después de haber probado varios sistemas, empezó a sospechar que la idea de imitar a los pájaros con mecanismos absurdos para mover las alas haciendo pío-pío era un callejón sin salida. Dos:

comprendió, en este caso sí a imitación de las aves, que había que servirse de la aerología, aunque esa palabra no existiera aún; es decir, tenía que ayudarse del viento y aprovechar las corrientes ascendentes. De manera metódica, saltó desde alturas cada vez mayores cuando estuvo seguro de que su chapuza podía sostenerlo en el aire. Para la mayoría de las pruebas utilizó una colina artificial en Berlín y, sin darse el más mínimo porrazo, llevó a cabo un centenar de saltos que podían calificarse de «vuelos sin motor», ya que, desde los primeros intentos, consiguió dirigir su caída una pizca, gracias al mismo principio utilizado hoy en día en los ala deltas pendulares. Planeaba a lo largo de distancias cada vez mayores, del orden de trescientos metros, en la década de 1890. Cuando está a punto de superar la fase adicional de adaptar un motor de hélice a sus planeadores, despega el 9 de agosto de 1896, en el mismo sitio de siempre, con su decimosexta máquina. El tiempo es idóneo y el artefacto parece satisfactorio —un nuevo modelo biplano con mayor capacidad de carga para sostener el motor—, así que el inventor efectúa un primer vuelo prometedor (por cierto, ¿acarrearía él su Playmobil todo el camino de vuelta hasta lo alto del peñasco para cada nuevo intento? ¿O tendría subalternos? La historia no lo dice). Pero por muy fiable que fuera el ensamblaje del alemán, sus tanteos en la aerodinámica obedecían a parámetros en los que nadie tenía experiencia absoluta y que nadie dominaba.

Como el primer ensayo sale bien, Lilienthal se prepara para el segundo vuelo. Se trata sin duda de uno de esos pequeños deslices imponderables de la vida: ¿una borrasca, un falso movimiento del piloto, algún punto débil en la estructura? El caso es que, por un fallo en el armazón, una de las dos alas se dobla. El cacharro se encabrita, el piloto trata de recuperar la inclinación como tantas otras veces, pero en vez de estabilizarse, el planeador cae. La altitud no es excesiva, unos quince metros, pero rara vez se produce una caída desde un quinto piso sin estragos. El inventor se rompe una vértebra cervical. Hablar de «pifia» en este caso quizá sea excesivo, pero, en cualquier caso, pegársela después de dos mil vuelos, viendo ya el éxito en el horizonte, es humillante. Muere varias horas más tarde, después de que lo transporten en coche de caballos a una clínica cercana. Fue pionero incluso en su muerte, ya que la rotura de vértebras es actualmente el daño más letal en los accidentes de ala delta y parapente.

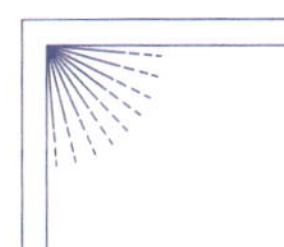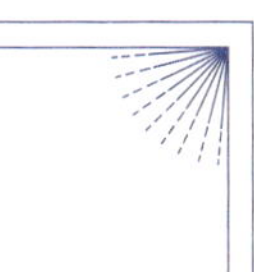

EL FRANCÉS QUE PLANEÓ

Aunque sea innegable que se trata del pionero de la aviación (los hermanos Wright, constructores del primer avión digno de tal nombre, reivindican su legado), Lilienthal no es ni mucho menos el primero en haberse deslizado por el cielo azul. Nosotros, los franceses, que somos los mejores, lo hicimos casi un siglo antes. En mayo de 1801, André Guillaume Resnier de Goué, general de la

Revolución y manitas empedernido, se lanzó con unas alas inventadas por él mismo desde lo alto de las murallas de Angulema, que se elevan treinta metros sobre el departamento de Charente. Más que de vuelo exitoso podríamos hablar de caída amortiguada, pero al menos bien amortiguada, ya que el chiflado no llegó al suelo con más daño que el de una pierna rota. Lo que significa que su trasto lo ralentizó un poquitín y que cayó de lado a unos doscientos metros del punto de partida. ¡El primero! ¡Fue el primero!

SALOMON AUGUST ANDRÉE, ¡NO VAYAS!

1897

Todo el mundo se lo decía: «¡No vayas!». Ya hablara con un piloto profesional de aerostatos, con un veterano de la exploración polar, con un marino condecorado del Ártico o con cualquier avezado meteorólogo, la respuesta era siempre la misma: «¡No vayas!». Pero el ingeniero sueco, proveniente de una lejana familia francesa (de ahí su apellido), era testarudo. A Salomon Andrée le encantaban los globos, y las caricias que dispensan a las nubes. Desde pequeñito, soñaba con globos aerostáticos, respiraba globos aerostáticos, vivía para los globos aerostáticos. Sus estudios de física no tenían otro objetivo que el de convertirlo en piloto profesional de aerostato para montar en globo. Así pues, como por entonces estaba en pleno auge la epopeya de la conquista polar y los periódicos europeos, y escandinavos en particular, relataban al detalle la competición de los exploradores, una idea loca lo despertó en plena noche con su luminosa evidencia: reuniría ambos elementos en un único plan audaz y conquistaría el Polo Norte… en globo. Si partía de Spitsbergen, un archipiélago situado a mil doscientos kilómetros del polo, bastaría con dejarse llevar por el viento a razón de cien kilómetros por día y llegaría en doce días. Para volver, como no podía ordenarles a los vientos que soplaran en la dirección contraria, pues nada, seguiría en la misma dirección: al otro lado estaba Canadá, desde donde buscaría un barco y listo. A partir de 1893, comenzó a hacer pruebas con diferentes globos, con resultados diversos. Y habló de su proyecto a la gente que lo rodeaba.

«¡Pero los vientos árticos, dotados de un espíritu independiente poco común, son demasiado imprevisibles para abandonarse a sus caprichos!», objetaron unos; a lo que Andrée contestó que los vientos dominantes soplaban hacia el norte y que, por tanto, lo conducirían en la buena dirección. «¡Pero un globo lleno de hidrógeno se va a desinflar antes de la mitad del viaje!», arguyeron otros; «qué va, lo inflaré a tope antes de salir y, además, tengo una envoltura hipergarantizada a prueba de fugas», se burló Andrée. «¡Pero la nieve y el hielo lo sobrecargarán y perderá altitud!», replicaron los terceros; «para nada», replicó Andrée, «porque tengo un arma secreta, un magnífico sistema de cuerdas gruesas que, al arrastrarlas sobre la banquisa, ralentizarán el globo, de manera que el viento fuerte sacudirá la nieve y el hielo». «¿Y cómo piensas llevar esas cuerdas tan pesadas, los víveres y el agua para varias semanas, por no hablar de la cerveza y el aquavit propios de cualquier sueco honrado?», argumentaron los últimos en llegar; «construiré un globo enooorme, ¡lo bastante grande como para que quepa todo eso!», exclamó Andrée triunfante. Entonces, los objetores se congregaron, se agarraron del brazo y corearon a cuatro voces: «¡No vayas!».

El único apoyo que encontró Andrée en su delirio fue el del público sueco. En comparación con las demás naciones nórdicas, Suecia iba muy retrasada en la exploración polar que tanto hacía vibrar al planeta por entonces: ni un mísero récord, ni un héroe, ni un lugar prestigioso donde ondear el pabellón azul con la cruz amarilla ni nada de nada. ¡Pero por fin un sueco asumía el reto con unos medios modernos y ambiciosos! El proyecto levantó el entusiasmo de las masas y ese movimiento favorable de la opinión pública permitió que Andrée encontrara financiación a través de varios patrocinadores ricos, incluso del rey.

El primer intento, en 1896, fue un fiasco absoluto. Llevan su superglobo —construido en Francia y bautizado con el nombre de Örnen— a Spitsbergen para un despegue a principios de verano. Lo inflan con hidrógeno, Andrée y sus dos compañeros se preparan para soltar amarras, pero no llegan a soltar nada. Esperan la buena voluntad del viento, que se empeña en venir del norte y no cambia, y luego se dan cuenta de que la envoltura pierde más aire que cuarenta pedorros juntos. Vuelven a inflar el globo a muerte, pero los vientos mantienen su pérfida voluntad y, al cabo de dos semanas de espera, el piloto de aerostatos se da por vencido. La prensa, consternada, relata el fracaso, los patrocinadores ponen mala cara, pero Andrée no abandona: anuncia que el próximo intento será el verano siguiente. En ese momento, un coro de doscientas personas acompañado de una orquesta sinfónica compuesta por expertos aventureros, navegantes arrugados y científicos de alto nivel entona el «¡No vayas!» con tres tonalidades diferentes.

En el verano de 1897, con dos nuevos compañeros entre los que se encuentra un fotógrafo (los dos anteriores, después de la experiencia, se unieron al mencionado coro), Andrée se prepara para partir desde el mismo sitio y con el mismo globo, aunque un poco más remendado. Milagro: esta vez el viento se muestra cómplice de su inconsecuencia y el 11 de julio el piloto da la orden de cortar las cuerdas. David Guetta y un espectáculo de luz láser y sonido de 2000 vatios se mecen al ritmo *dub* del «¡No vayas!» y resuenan a lo largo de la banquisa, pero ya es demasiado tarde, Andrée se ha ido. El globo toma altura con mucho esfuerzo y se aleja con su tripulación. No se les volverá a ver con vida. El sudario glacial de las soledades árticas se cierne sobre ellos. Tras varios meses sin noticias, los periódicos de Suecia y del extranjero no tienen más remedio que conjeturar sobre su desaparición. Aunque el fracaso estaba previsto, el lugar y las circunstancias de la caída siguieron siendo un misterio.

Al menos durante treinta y tres años.

Porque tres décadas más tarde, en 1930, un explorador noruego, el Dr. Gunnar Horn, descubre por casualidad los restos de la expedición congelados en una pequeña isla cubierta de hielo al noreste de Spitsbergen. Entre los objetos desperdigados, el noruego encuentra unas placas fotográficas. ¿Será posible que, después de treinta años entre el hielo y la ventisca…? Se lleva las placas a su casa y las revela con mucho cuidado: el destino y la química se alían para hacerle un regalo a la historia humana. Andrée y sus compañeros resucitan en las imágenes, la agonía del Örnen había quedado reproducida a la manera de una fotonovela y, con el diario de a bordo pormenorizado y actualizado todos los días por el fotógrafo, se logra reconstruir la historia al detalle desde los primeros minutos de vuelo.

A los aeronautas no les hicieron falta más que diez horas para comprender el carácter presuntuoso del proyecto. Los elementos les hacen volver a la realidad, la envoltura sobrecargada por el hielo pierde gas y no se sostiene en el aire, y pese al lanzamiento de cajas con comida y material, la barquilla comienza a golpearse a causa de los bloques de hielo. Al cabo de cincuenta horas de navegación extenuante dando tumbos, aunque siempre hacia el norte, la aeronave cae definitivamente el 14 de julio y los tres hombres descienden sobre el casquete polar. Cincuenta horas no es mucho, pero sí lo suficiente como para encontrarse a seiscientos kilómetros del punto de partida, una distancia que habría que recorrer a pie para volver. Problema: además de no haber tenido en cuenta los «¡No vayas!», el ingeniero no ha seguido los consejos de los entendidos en el Ártico: se ha llevado demasiado material (incluso champán y oporto, sí sí, como suena), y todo lo que les haría falta para acampar si estuvieran en el sur de Bretaña, pero nada para enfrentarse a la marcha polar. Dispone de tiendas, ropa, bote desmontable, trineos desmontables, pero ninguno de esos elementos es adecuado para la banquisa. Sin embargo, los náufragos aguantan tres meses antes de pasar a mejor vida. Tres meses durante los cuales caminan y caminan, agotados y congelados, viviendo un calvario. Pero, al contrario de otros desgraciados polares, la deriva de la banquisa los empuja en la buena dirección. Alcanzan tierra y se instalan para invernar. Sin embargo, la bondad de la Providencia se detiene ahí. La última palabra escrita es del 17 de octubre, después no hay nada más. Se supone que morirían de frío, de angustia y de agotamiento, a poca distancia unos de otros, allí donde se hallaron los cadáveres.

Y en Europa, los expertos y los aventureros profesionales sacudieron la cabeza gravemente y repitieron: «¡No tendría que haber ido!».

EL GRAN SALTO MORTAL DE REICHELT

1912

¿Qué incitó a este desconocido sastre austriaco llamado Franz Reichelt a meterse en la aeronáutica? ¿El deseo de obtener la celebridad? ¿De encabezar un descubrimiento? ¿De fortuna? Durante unos años en que los avances galopantes de la técnica lanzaban a todos los devotos del bricolaje a una obsesión febril, la llamada aventurera más embriagadora provenía de las nubes. Participar en esta inmensa epopeya que era la conquista del cielo se convirtió en el principal capricho de todos los héroes aficionados. Sin obviar el hecho de que, entre todas las innovaciones admiradas por el público, alguna que otra podría generar unos buenos ingresos.

Sin duda, todo lo anterior incitó a este sastre de treinta y dos años, instalado cerca de la Ópera de París y recientemente nacionalizado francés con el nombre de François, a poner su talento profesional al servicio de la aviación. No sabía de aerodinámica ni de carpintería ni de motores de explosión; él solo cortaba y cosía telas, pero en eso era un figura. Ahora bien, a partir de los primeros globos aerostáticos y, sobre todo, de la moda de las aeronaves pesadas, algunas almas cándidas tuvieron la idea de salvar a los héroes del cielo de sus errores de bricolaje gracias a un dispositivo destinado a ralentizar la caída, como su propio nombre indica: el paracaídas. Hasta ahora, para los pioneros cuya máquina voladora se transformaba de improviso en un yunque tras una quiebra en la envoltura o una avería del motor, el único recurso era rezarle a la Virgen y repasar la vida rápidamente antes de descalabrarse contra el suelo. El principio del paracaídas ya estaba demostrado, pero ningún modelo había resultado operativo del todo y, dada la alta mortalidad durante las exhibiciones aéreas proliferantes, implementar su uso parecía urgente.

Reichelt se puso manos a la obra con sus cuadernos de bocetos, con su metro y sus tijeras, y se convenció de haber encontrado el prototipo gracias al cual los aviadores en peligro podrían lanzarse al vacío y posarse en el suelo con suavidad, con elegancia incluso. Se trataba de un montón informe de telas ensambladas, a medio camino entre un disfraz gigante de murciélago frustrado y lo que queda de una tienda de circo tras la tempestad, dotado además de unas estructuras metálicas para aumentar su eficacia. Pero el sastre estaba tan seguro de su invención que estaba loco por probarla. Reichelt no necesitaba un derroche de cilindros y alas perfiladas, él iba a entrar en la leyenda aérea con su metro y sus tijeras, se elevaría al rango de todos esos engreídos que hacían correr al público y desfallecer a las mujeres con sus motores hediondos. Después de varios simulacros de ensayo con maniquíes lanzados desde distintas alturas y tras convencerse de que no habían acabado tan mal, realizó una prueba saltando él mismo desde un lugar poco elevado. Como solo se rompió una pierna, decidió pasar a la verdadera experimentación. Escribió a los periódicos y convocó a la prensa el 4 de febrero de 1912 por la mañana en la primera planta de la Torre Eiffel.

A los periodistas, siempre al acecho de acontecimientos sensacionales y susceptibles de captar a los lectores —y este prometía serlo—, no les importaba el resultado final con tal de que fuera algo moderno y espectacular, de manera que aceptaron la invitación y acudieron en masa. Y no fueron solos.

Porque en los últimos veinte años no solo la aviación había progresado, también el cine. Daba la casualidad de que en ese año de 1912 nació una de sus grandes transformaciones: los noticieros cinematográficos. Cuando el acontecimiento llegó a los oídos de los directivos de Pathé, enviaron un equipo al lugar de la prueba. Colocaron una cámara en la primera planta para los primeros planos y otra a los pies de la Torre Eiffel para grabar la totalidad del salto. Las imágenes que filmaron hicieron que el sastre pasara a la posteridad, ya que dieron la vuelta al mundo. Más de un siglo después de los hechos, basta con teclear «Reichelt» en cualquier motor de búsqueda para verlas.

Para adivinar el final de la historia, solo es necesario visionar la primera imagen: con su gabán volante, tan ligero como una piel de mamut, el criptoparacaidista tenía la misma fuerza de sustentación que una roca. A todas luces se trataba de una muerte anunciada, pero entre todos los testigos nadie dijo ni mu. El aventurero había ido a dar un golpe de efecto. Y en efecto, lo dio. Accionen las cámaras, giren las manivelas… Acompañado de dos «amigos» o asistentes (algunos los llaman «patrocinadores»), el que va a morir primero se sube con su equipamiento a una mísera mesa colocada contra la balaustrada (entonces desprovista de dispositivo anti-suicidio), luego se monta en un pobre taburete colocado sobre la mesa para estar a buena altura (¿no había una escalerita plegable en ese primer piso del demonio?) y echa un ojo a los sesenta metros de vacío que lo separan de la caída. Sobre todo se fija en el disfraz que supuestamente lo mantendrá con vida, estira un pliegue, lo vuelve a doblar, duda durante un rato. Si se hace alguna pregunta en ese momento, con las cámaras traqueteantes, es demasiado tarde para responderla. Los héroes del aire no son unos gallinas. Y François Reichelt se lanza al abismo.

De acuerdo con las leyes de la gravitación, recorre el camino más corto entre la balaustrada y el suelo sin que sus trapos lo ralenticen ni un solo segundo. Sesenta metros de caída libre filmada sin interrupción.

Después de este escalofriante plano secuencia, una vez que la policía se lleva el cuerpo dislocado, la cámara de abajo graba el agujero producido por el impacto y alguien muestra su profundidad con la ayuda de una vara de medir: quince centímetros. El prefecto que había dado la autorización eludió su responsabilidad asegurando que Reichelt dijo que utilizaría un maniquí y que cambió de idea sin decirle nada. Los suicidas posteriores no cargarían con un disfraz tan voluminoso.

¿De verdad necesita este texto un golpe final?

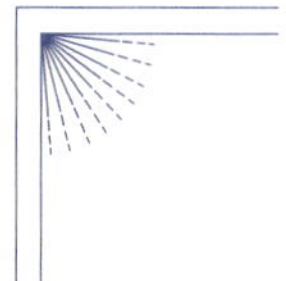

Ya en 1836, el inglés Robert Cocking estuvo convencido de haber hallado un dispositivo para caer por los aires con suavidad: se lanzó desde un globo a mil doscientos metros de altura. Su paracaídas, que se basaba en el principio correcto pero a la inversa (¡un cono con la punta hacia abajo!), solo sirvió para acelerar la caída. Por desgracia para su posteridad, pero por suerte para las almas sensibles, todavía no se había inventado el cinematógrafo para registrar el estado del pionero al llegar al suelo.

Hay que destacar que el inventor del paracaídas propiamente dicho —y el primero en utilizarlo— fue el francés André-Jacques Garnerin, que saltó desde un globo en 1797 y logró tocar el suelo con razonable delicadeza: solo escapó con un esguince. También hay que señalar que este temerario profesional, que se pasó la vida en distintos tipos de aeronaves y que saltó numerosas veces desde diversas alturas sin matarse, murió durante la construcción de su futuro globo. Por la caída de una viga.

LAPERRINE, EL GENERAL AIRBAG

1920

En 1919, el general Nivelle, cuyo nombre quedará asociado para siempre a los fracasos sangrientos de sus arriesgadas ofensivas durante el primer conflicto mundial, no ve su carrera empañada lo más mínimo y vuelve a ser comandante en jefe del ejército en el norte de África. Entusiasmado por el vuelo que acaba de efectuar como pasajero sobre el Sahara, decide ordenar una incursión aérea de reconocimiento —en definitiva, una aventura puramente deportiva en beneficio propio, la proeza de una primicia— con el pretexto de inspeccionar la ruta Argel-Tamanrasset para el veleidoso proyecto de una vía férrea.

Le confía la organización de la expedición a un oficial especialista en cuestiones saharianas, comandante de la división de Argel, el general François-Henry Laperrine. En el Sahara que este último ha contribuido a pacificar, cuyo relieve y principales carreteras se comienzan a conocer, la cosa es factible. Pero la tarea se complica cuando llega desde París la orden de prolongar la incursión hasta Tombuctú y luego hasta Dakar para estudiar la posibilidad de unir Argelia con el África negra de alguna manera que no sea a través de vías largas y peligrosas. Laperrine es un militar concienzudo: hace su trabajo y prepara esta ruta precursora del París-Dakar, versión aérea, lo mejor que puede. Etapas definidas con cuidado, disposición de los campos de aterrizaje, avituallamiento de combustible *in situ* transportado mediante coches o camellos, marcación y señalización del trayecto, piezas de recambio, mecánicos, aparatos de radio. En la sesión informativa para los pilotos insiste en la verdadera dificultad de la misión: la orientación. En aquella época, esta dificultad es la misma para cualquier conexión aérea de larga distancia: lejos aún de los GPS, los radares y los transpondedores, los pilotos no se orientan más que a ojo. Como la brújula sigue siendo aproximativa, el método consiste en seguir desde arriba los trayectos terrestres, los ferrocarriles, las carreteras, los ríos. Laperrine ordena a sus aviadores que sigan escrupulosamente los caminos y cursos de agua que él mismo conoce bien por haber recorrido el país durante muchos años.

Los aviones son Breguet XIV, unos biplanos muy apreciados durante los combates de la Primera Guerra Mundial que encuentran un nuevo uso en tiempos de paz (son los mismos que utilizarán varios años después en la Compañía Aeropostal). Pero en las distancias largas son imprevisibles, ya que todavía no se han probado a conciencia sus nuevos motores. Nivelle elude esa dificultad contratando siete aviones en total: se asistirán unos a otros y, de los siete, al menos uno llegará al final.

El 3 de febrero de 1920, en el aeródromo de Argel, el impetuoso general en jefe, bufanda al viento y gafas de aviador en la frente, parte hacia su heroica aventura encabezando su valerosa escuadrilla desde el asiento del pasajero. No hay banda de música, pero sí varios periodistas (y un humorista de la época que aseguraba que su mujer Emma era capaz de poner ella sola en marcha los motores). Laperrine saluda a su jefe, no dice nada pero lo piensa: es él, el sahariano, quien debería estar a bordo de los aviones y no ese fanfarrón con una hoja de servicio discutible. Sin embargo, el destino y la precariedad del nuevo motor Breguet sí lo oyen. Primero el motor: a varios kilómetros del punto de partida, el avión de Nivelle se avería y se ve obligado a aterrizar. Después el destino: antes incluso de que el general en jefe logre reprogramar la salida lo llaman desde París. Como es natural, antes de marcharse designa a Laperrine como sustituto. No tienen que pedírselo dos veces, por fin va a admirar su Sahara desde el cielo.

El 8 de febrero la escuadrilla aterriza en In Salah sin problema alguno, se queda bloqueada debido a una tormenta de arena y no despega de nuevo hasta el día 14 para llegar esa misma tarde a Tamanrasset. La primera parte de la misión (fijar la ruta aérea Argel-Tamanrasset) es un éxito. Se celebra una fiesta con el jefe árabe local, amigo de Laperrine. Pero para los aviones no hay festejo. De hecho, solo dos son capaces de continuar la marcha, los demás no se encuentran en condiciones de volar sin riesgos. La siguiente etapa, en dirección a Tombuctú, transcurre por un desierto muy temido: el Tanezrouft. Tienen previsto aterrizar a medio camino, en Tinzaouten, para el avituallamiento y las revisiones, pero en vista de la desbandada técnica, el piloto de uno de los aviones exige ir acompañado de un mecánico.

Problema: los Breguet solo tienen dos plazas, una para el piloto y otra para el mecánico. Un pasajero que ocupa la segunda plaza sacrifica al mecánico: como estaba previsto que los aviones volaran en grupo, el avión con mecánico podría socorrer al otro en caso de avería. Pero la exigencia del piloto cambia las tornas. Dos asientos, cada uno en su cabina, una detrás de la otra; no hay espacio previsto para un tercer pasajero. Sin embargo, el general debe ir en el viaje, no solo porque es el jefe de la expedición, sino también porque es el único que conoce esa parte del desierto y los puntos de referencia que hay que seguir para mantener la buena dirección.

Laperrine entonces encuentra una solución de andar por casa: el mecánico ocupará su sitio y él se sentará en las rodillas del mecánico. Los dos hombres irán un poco apretados, pero si el vuelo transcurre sin incidentes, el Breguet no necesitará más que tres o cuatro horas para recorrer los quinientos kilómetros que los separan de Tinzaouten, una duración soportable. Además, de esa intimidad prolongada podría nacer una bella historia de amor, vaya usted a saber.

El 18 de febrero de 1920, el Breguet XIV, pilotado por el ayudante Bernard, despega de Tamanrasset con el general Laperrine y Vaslin, el mecánico, en la cabina de atrás como sardinas en lata. Su despegue viene seguido del otro biplano, pilotado por el comandante Vuillemin.

Es entonces cuando aparecen dos invitados indeseables: la bruma y el viento arenoso. Nada más alejarse de Tamanrasset, al general le cuesta trabajo distinguir la ruta. Llegan las nubes y los dos aviones se pierden de vista. El Breguet de Laperrine continúa en la dirección que el general considera correcta, pero por entre los agujeros de las nubes no reconoce ni los relieves ni los cursos de agua y, pasadas dos horas, admite que se ha perdido. El avión da vueltas y más vueltas, pero no hay ni rastro de la población donde estaba prevista la parada. Envían un mensaje de socorro por radio que nadie oirá, y con razón, porque se han desviado notablemente hacia el sureste. Tras cuatro horas de vuelo, no les quedan más que veinte minutos de combustible, lo justo para buscar un terreno improvisado donde aterrizar en lo desconocido. Bernard cree ver un lugar propicio, trata de buscar tierra pero la arena está muy blanda y, en cuanto las ruedas rozan el suelo, se hunden y el avión da una vuelta de campana. El accidente es violento. Sin embargo, el aparato volcado aún no prende fuego y sus ocupantes logran salir. El piloto se levanta sano y salvo. Enseguida se preocupa por los dos pasajeros del asiento trasero: el golpe los ha propulsado hacia delante, Laperrine ha terminado aplastado contra el fuselaje y, de ese modo, le ha servido de amortiguador a Vaslin. Es el general quien ha recibido el golpe, está gravemente herido y tiene la clavícula y las costillas rotas, mientras que el mecánico sobre el que estaba sentado no presenta más que ligeras contusiones. Los dos aviadores se ocupan del pasajero malherido y estudian la situación. Creen estar cerca de Tinzaouten, pero en realidad se encuentran a doscientos kilómetros.

A partir de este momento comienza una espantosa espera, entre el calor y las tormentas de arena, con agua y comida para pocos días, y con un herido que camina despacio hacia la agonía. Saben que irán a buscarlos, pero ¿dónde y cómo? En dos ocasiones tratan de conseguir ayuda a pie arrastrando al general, que sufre de un modo atroz, pero abandonarán la idea sobre la marcha para volver junto a los restos del avión.

Cuando Laperrine muere el 5 de marzo, dieciséis días después del accidente, los otros dos no están lejos de ir detrás. No tienen fuerzas ni para enterrar el cuerpo. Tendrán que esperar otros ocho días más antes de tomar la decisión de poner fin a su sufrimiento con los cartuchos que les quedan. Sin embargo, en ese preciso instante, oyen un ruido familiar: el berrido de un camello. Disparan al aire los cartuchos que tenían ya adjudicados y, con incredulidad, ven aparecer al destacamento de meharistas que acaba de lograr el prodigio para el que la humanidad lo había enviado: encontrar la aguja en el pajar.

Trasladan y entierran el cuerpo del general en Tamanrasset, que, desde ese momento y durante toda la colonización francesa, tomará el nombre de «Fort Laperrine». Pero como no se consideró idóneo perpetuar la utilización de generales como protección frontal en caso de accidente, la industria automovilística no contribuyó a su posteridad.

REPUBLIQUE FRANÇAISE
DIDIER DAURAT
RAYMOND VANIER
CANDON 1971
5,00
POSTE
AERIENNE

RAYMOND VANIER, DE LA PALANCA
DE MANDOS AL PALO DE ESCOBA

1930

Este libro, que narra los fracasos de unos cuantos conquistadores muy viriles, evoca historias que casi siempre terminan con la muerte del desafortunado protagonista. Para variar, esta es la historia de un héroe de la aventura que, sin embargo, se pasó la salida.

Si existe una epopeya legendaria en el ámbito de la aviación esa es la de la Compañía Aeropostal. Desde los años treinta, la primera compañía aérea francesa que intenta establecer una línea comercial regular entre Europa y América del Sur se transforma en tal mina de aventureros y pioneros maravillosos que la simple mención de su nombre parece abrir un libro de imágenes bucólicas dedicadas a la audacia nacional francesa. La cantidad de tinta empleada en describir sus heroicidades es inconmensurablemente superior a la del correo que transportó. Hay que decir que los diez pilotos principales de la Aeropostal, convertidos en iconos legendarios, murieron como héroes en circunstancias trágicas o misteriosas. Todos salvo uno, que murió en su cama.

A pesar de que estos superhombres del timón de vuelo llevaron a cabo proezas aeronáuticas y desafiaron todo tipo de peligros, de averías, de tormentas en el Atlántico y de accidentes en los Andes, a lo que Saint-Exupéry añadió gloria literaria y Mermoz gloria militar, todos terminaron su próspera existencia con un fin trágico. A saber: Émile Barrière, desaparecido en el Atlántico en circunstancias desconocidas durante una conexión Natal-Dakar; Henri Érable, obligado a realizar un aterrizaje forzoso en el desierto africano donde los árabes lo capturan, lo torturan y lo matan; Henri Guillaumet, abatido por unos cazas italianos mientras sobrevuela el Mediterráneo en 1940; Léopold Gourp, después de aterrizar para socorrer a Erable, sufre su misma suerte; Jean Mermoz, desaparecido en el Atlántico probablemente a causa de una avería (aunque ya había perdido un poco el norte por la extrema derecha); André Parayre, desaparecido en el Atlántico en el mismo avión que Barrière; Marcel Reine, caído en el Mediterráneo con Guillaumet; Antoine de Saint-Exupéry, abatido en el Mediterráneo a los mandos de su Lockheed P-38.

El único que murió en su casa fue Raymond Vanier, a los setenta años. Al igual que sus colegas, vivió la tumultuosa historia de la Aeropostal. Piloto experimentado y expuesto también a todos los avatares de estas primeras conexiones transatlánticas, fue tan fiable y competente que se convirtió en ayudante del tiránico director de la compañía, Didier Daurat. Vanier también se enfrenta a las dificultades de los incipientes vuelos de larga duración, también aterriza de emergencia para socorrer a sus colegas en el Sahara, también participa en la guerra. Pero él no desaparece, a él no lo abaten, él no escribe ningún libro. Resultado: termina su carrera tan pancho como funcionario de Air France, jefe del departamento postal, mientras examina los baremos sindicales para calcular las vacaciones que le corresponden. Lo nombran comendador de la Legión de Honor y disfruta tranquilamente de la jubilación clasificando sellos y haciendo limpieza en su casa de las afueras. El menos célebre de los pilotos de la Aeropostal muere de una larga enfermedad en 1965. No necesitamos organizar una expedición submarina para encontrar sus restos en un avión accidentado: basta con acercarse al cementerio de Père-Lachaise.

La conquista de los polos ha fascinado a los humanos durante más de tres siglos. Poner el pie en el lugar por donde pasa el eje de la Tierra, ya sea en el Norte o en el Sur, siempre ha representado una fantasía impulsiva y tenaz capaz de provocar hormigueos en las piernas a cualquier aspirante a explorador y de avivar las llamas de la ensoñación —cosa que con semejante clima no venía mal—, además de suscitar más vocación aventurera que ningún otro Grial geográfico. Por tanto, era previsible que entre la multitud de candidatos a conquistadores de todas las épocas hubiera un buen puñado que saliera trasquilado con mayor o menor brutalidad. Desde la desaparición de Franklin al desastre del Jeannette, las aventuras fallidas alrededor del polo son cuantiosas. A continuación recordaremos las que sobrepasaron los límites de lo insólito.

LOS FANTASMAS DE FRANKLIN

1845

La expedición Franklin es tan particular que su fracaso constituyó, paradójicamente, un motor excepcional para la exploración de las regiones árticas durante dos decenios. La desaparición del explorador inglés —enviado en 1845 por el Almirantazgo para buscar el «paso del Noroeste», es decir, una ruta desde el Atlántico al Pacífico por el norte— fue un acontecimiento que conmocionó a las masas. Franklin era un pez gordo de la Marina británica que partió con dos barcos construidos para la ocasión, así como un flamante y revolucionario sistema de latas de conserva. En esa época, los oficiales de su Graciosa Majestad emprendían las expediciones a los polos ataviados con guantes blancos y con apenas una bufandita y un gabán por si refrescaba. En efecto, además del carácter rudimentario de los equipos para condiciones extremas, el rasgo común de estos exploradores polares era el desprecio absoluto por las técnicas esquimales que permitían sobrevivir a las poblaciones autóctonas.

Como era de suponer, la expedición desapareció en las ventiscas árticas a cincuenta grados bajo cero. Pero el almirante tenía una esposa esperándolo en Londres, cuya voluntad y tesón por no quedarse viuda alcanzaron más fama incluso que el propio marido desaparecido. Jane Franklin removió cielo, tierra y Cámara de los Lores durante quince años y sacó de quicio a todo el mundo. Diecinueve expediciones de rescate, cuarenta navíos —de los que ocho no regresaron—, ocho millones de libras gastadas, decenas de muertos… Casi veinte años tuvieron que pasar hasta que un tal McClintock, uno de los muchos enviados al congelador por la infatigable *lady*, consiguiera resolver el misterio. En un casquete glaciar, encontró un mensaje de la expedición perdida que, en resumidas cuentas, decía: «Todo va bien», y además proporcionaba datos tranquilizadores. Por desgracia, en los márgenes del mensaje habían añadido después unos garabatos mucho menos halagüeños. Se ve que al volver a pasar por ese mismo lugar once meses después, por falta de papel o por el simple deseo de unificar toda la cronología, los hombres de Franklin habían escrito en la misma hoja la continuación de los hechos: los barcos estaban bloqueados por el hielo, el frío y el escorbuto, el comandante había muerto con quince de sus hombres, el resto de la tripulación había partido a pie en dirección sur. Ninguno sobrevivió. Años después de McClintock, se irán encontrando aquí y allá vestigios de la expedición Franklin conservados por las tribus esquimales[2]. Hasta que ciento veinte años más tarde, en 1986, una expedición dirigida por un tal doctor Beattie exhumó, en la isla de Beechey, los cadáveres de tres

[2] Los pecios de los dos barcos de Franklin, el *HMS Erebus* y el *HMS Terror*, fueron localizados, respectivamente, en 2014 y 2016 por expediciones de búsqueda canadienses.

marineros de la expedición Franklin perfectamente conservados por el frío. Se le ocurrió hacerles una autopsia, que reveló que los tres hombres murieron de una intoxicación de óxido de plomo, posiblemente debida a las latas de conserva, una técnica que aún no se había perfeccionado. ¿Sería mejor morir sin hambre y envenenado que congelado y con el estómago vacío?

EL BARBOQUEJO DEL TENIENTE GREELY

1881

En un principio, esta expedición al Polo Norte no presentaba ninguna de las improvisaciones que condenaron de antemano otros intentos tan voluntaristas como mal preparados. Muy al contrario, al estar organizada por el Ejército estadounidense y compuesta de soldados dirigidos por oficiales con formación científica, presentaba todas las garantías de coordinación, anticipación, orden y método. Su principal objetivo ni siquiera era la conquista del Polo Norte, sino establecer una estación meteorológica en el extremo norte del continente americano en el marco del Primer Año Polar Internacional. Si las circunstancias se mostraban favorables, desde luego que podrían sopesar una aproximación al eje del mundo, pero el único toque de competición de la misión consistía en limitarse a batir el récord de latitud norte ostentado hasta entonces por los ingleses a 83º 20'N, nada descabellado o inalcanzable. Sin embargo, esta expedición iba a dejar huella en la lista de éxitos de las peores pesadillas de la conquista polar.

Como muchos otros ejércitos del mundo en la década de 1880, el de Estados Unidos era impecune. A los militares que acompañaban a los oficiales con conocimientos científicos no les interesaba demasiado la estación meteorológica al norte del norte de Canadá, el prestigio de batir el récord de «nortitud» apenas les emocionaba y, en definitiva, los debates especializados que contaminaban las disputas entre senadores no les proporcionaban los medios necesarios para la misión. A bordo de un barco civil, un ballenero fletado con mucho esfuerzo, el *Proteus*, y con un material adecuado a duras penas, los dieciocho soldados del Cuerpo de Señales se embarcaron bajo el mando del teniente Adolphus Washington Greely, asistido por dos otros tenientes, dos guías esquimales y un médico de nacionalidad francesa, el doctor Pavy: veinticinco hombres en total. Pero la gloria no espera a la intendencia y el 4 de julio de 1881 el *Proteus* navega en dirección norte con la bandera estrellada al viento y los corazones henchidos de esperanza en la victoria y el triunfo. El plan consistía en construir un barracón bastante amplio en el extremo septentrional de las tierras emergidas del Ártico (en aquella época no se sabía si el Polo Norte era terrestre o marino), en la costa noreste de la isla de Ellesmere, junto a la bahía de Lady Franklin, un océano normalmente congelado bajo una corteza de hielo, para llevar a cabo las observaciones meteorológicas y geográficas programadas y realizar desde allí las incursiones hacia el polo y las islas cercanas. Estaba previsto que la tropa pasara el invierno y la primavera en la base, y que una expedición acudiera a recogerlos el verano siguiente, en 1882.

Pero la expedición no acudió. Ni tampoco en 1883.

Al principio, todo salió bien: el *Proteus* atravesó el mar de Baffin sin dificultad, desembarcó todo el material y dejó a los pasajeros en un entorno propicio antes de marcharse. La expedición empezó por todo lo alto: con el material acarreado levantaron una cómoda construcción bautizada con el nombre de Fort Conger; todos los programas de observación se cumplieron con creces y, aunque la llegada al Polo Norte geográfico no parecía estar dentro de lo razonable, uno de los tenientes de Greely y dos hombres más alcanzaron la latitud 83° 24'N en primavera, lo que otorgó el récord a los estadounidenses. La orgullosa tropa hizo honor a la disciplina militar y alzó los colores cantando el *Star-Spangled Banner*. Sin embargo, la moral de la expedición sufrió un duro golpe cuando, a finales del verano de 1882, con los ojos cansados de mirar al horizonte, comprendieron definitivamente que la banquisa no se despejaría, el barco no podría llegar y por lo tanto tendrían que pasar otro invierno sumidos en la noche glacial y el hastío mortal, confinados en ese dormitorio común. Hay que decir que el comportamiento del jefe no contribuía en nada. El teniente Greely, cuya obsesión por el procedimiento exasperaba a los hombres, se tomaba muy en serio el respeto íntegro de las reglas: mantuvo la rutina militar con todos los formalismos, algo que, en este contexto, quedaba un tanto fuera de lugar. En la lúgubre negrura del invierno, el ambiente en Fort Conger no era demasiado bueno y ni siquiera los oficiales se llevaban bien entre ellos. En los intervalos de tiempo entre altercados y ataques de celos por el racionamiento de los víveres, exploraban los alrededores con un entusiasmo comedido e intentaban cazar y pescar, pero con las raciones calculadas y el combustible reducido, el mal humor se acabó transformando en acritud. Así, con una impaciencia febril, las miradas comenzaron a acechar de nuevo el horizonte en cuanto el verano ártico reapareció. La decepción ante aquel mar vacío era tan grande como el temor por el futuro, pues aunque habían anticipado ligeramente el contratiempo de una segunda invernada, no habían previsto reserva alguna para la tercera. Por ello, el teniente decidió que regresarían por sus propios medios: una chalupa de vapor tiraría de los dos botes con los que contaban. Y si la banquisa bloqueaba las embarcaciones, se deslizarían por el hielo.

Como el médico no estaba de acuerdo, Greely lo apartó de sus funciones. Se quedaría con ellos como médico, pero no formaría parte de la expedición de manera oficial. No fue el único, ya que otro oficial discrepante también había presentado la dimisión, autorizada por el sacrosanto reglamento, y se había convertido en un miembro fantasma.

El avance hacia el sur fue una prueba apocalíptica: la banquisa no les daba la más mínima oportunidad y, cuando el invierno imposibilitó cualquier movimiento, solo habían recorrido trescientos kilómetros de los mil que debían atravesar para tratar de obtener ayuda. No consiguieron superar el cabo Sabine y se instalaron en un lugar llamado Camp Clay.

Cavaron una especie de refugio en las rocas glaciares y quemaron los botes para calentarse. La tropa, definitivamente bloqueada y con raciones cada vez más escasas, asistió al espectáculo de su propia descomposición bajo los efectos de la hambruna y el escorbuto. La unidad, que hasta entonces se había mantenido intacta, contó sus primeros muertos. La debilidad, el frío y la oscuridad hacían imposible cualquier intento de caza. Se comieron las pieles de foca de la ropa y el cuero de los uniformes. Incluso el odio del ambiente cedió ante el agotamiento. Sin el menor reparo por la inconveniencia de las circunstancias, el teniente consagró sus últimas reservas de energía a montar un tribunal militar para juzgar a un soldado que había cometido el delito flagrante de robar una loncha de cinturón cocida al dente. El glotón fue condenado a muerte y ejecutado de la manera reglamentaria, pese a que el pelotón apenas podía mantenerse en pie. El teniente quiso ajustarse el barboquejo, pero ya se lo había comido. Lo único que quedaba por engullir era una especie de liquen negruzco que brotaba en las rocas y que él mismo se sorprendió al verse ingerido. Y después… se resignaron sin mucho aspaviento al último producto alimenticio del entorno: los compañeros más débiles que no habían logrado resistir. Las visitas al cementerio cada vez eran más frecuentes. Pero, al no haber previsto esas circunstancias, el reglamento tampoco decía nada sobre este punto.

Cuando el espantoso invierno dio paso a la primavera ártica, no quedaban más que unos cuantos supervivientes, como espectros moribundos, algunos de ellos con los miembros congelados. El doctor Pavy había muerto, y el teniente había perdido a su segundo y a sus mejores hombres. Era obvio que a esos últimos desdichados no les quedaban más que unos pocos días de vida. Fue entonces cuando el jefe escuchó el silbato del vapor. Era el 22 de junio de 1884.

Los navíos que debían acudir en busca de los soldados se habían quedado bloqueados por el hielo en 1882, también en 1883, y después no hicieron más intentos. Pero debido a la creciente indignación y a la presión de la opinión pública, las autoridades americanas pusieron toda la carne en el asador y enviaron más barcos de rescate. Uno de ellos encontró por fin los restos de la expedición: de los veinticinco miembros, solo siete seguían con vida, de los cuales uno murió en el barco durante el trayecto de vuelta. Las siete piltrafas agonizantes no conservaban forma humana; uno de ellos tenía muñones en los extremos de los brazos donde le habían atado unos tenedores para que pudiera comer. Pero ¿comer qué?

El anuncio del récord de latitud batido por Estados Unidos no compensó el malestar incrédulo que se instaló cuando exhumaron los cadáveres para repatriarlos. Parecían pollos deshuesados, a algunos les faltaban extremidades enteras. Cuando a este escándalo antropofágico se le unieron los relatos alucinantes de los supervivientes, un tupido velo cayó durante un largo periodo sobre la expedición Greely, que desapareció con discreción bajo la alfombra de la historia cuando llegó el momento de alabar a los héroes de la epopeya polar.

Incluso hoy, muchos de los anecdotarios históricos se mantienen en un pudoroso olvido. Hasta en la adversidad, los verdaderos héroes de la aventura tienen la obligación de estar presentables.

EL *POST-IT* DE SCOTT

1912

Sin duda alguna, la expedición de Scott en busca de la conquista del Polo Sur se lleva la palma del fracaso catastrófico. El Polo Sur, amigues, es realmente el lugar más chungo del planeta, en todas las categorías. En el Polo Sur encontramos dos récords climáticos envidiables: las temperaturas más bajas del mundo y los vientos más violentos del mundo (los llaman «catabáticos»). Y, aunque en 1912 los equipos técnicos habían avanzado mucho con respecto a los del siglo anterior, aún estaban lejos de los de nuestros aventureros recientes. Cuando el inglés Robert Scott partió para ser el primero en pisar el Polo Sur en diciembre de 1911, había oído hablar de un noruego que quería intentarlo desde el otro lado del continente antártico, pero no consideró que su posible competidor tuviera muchas posibilidades. Él, Scott, llevaba un material alucinante, dos tractores de gasolina, caballos, toneladas de víveres y de utensilios y una tropa pletórica. En cambio, aquel vikingo pretendía conseguirlo a la manera de los esquimales, con unos cuantos compañeros y dos trineos tirados por perritos, el muy payaso.

De modo que Scott posee los medios necesarios, pero se encuentra trágicamente desprovisto de un artículo indispensable en esas regiones: la suerte. Estuvo gafado desde el principio hasta el final. Por supuesto, como cabía esperar a cincuenta grados bajo cero, los tractores se averiaron a los cinco minutos, y los caballos, con los que contaban para transportar los víveres, estaban totalmente inadaptados a ese clima y no sobrevivieron mucho tiempo. Desprovisto de avituallamiento, el grueso del equipo da media vuelta, mientras Scott continúa con otros cuatro peregrinos hacia el Polo, cada uno tirando de su trineo. Y cuando alcanzan su objetivo, ese Polo mirífico y centelleante, a 90° de latitud sur y a todas las longitudes, cuando la victoria parece recompensarlos al fin tras dos meses de esfuerzos sobrehumanos en unas condiciones terribles, se vienen abajo y se desinflan: en el punto exacto que marca el polo hay una notita depositada por el noruego Roald Amundsen, que ha llegado un mes antes que ellos. «¡Søy el primerø, chinchå rabinjå!». ¡El cabrón del escandinavo, borracho hasta las trancas de cerveza-aquavit y con sus chuchos de mierda, lo único que ha hecho es afanarles la técnica a los esquimales para hacer trampa! La lucha por la conquista del polo había comenzado doce años atrás para Scott y, cuando solo le falta un mes, se la birlan. Un golpe así no le sienta bien a la moral de nadie, pero precisamente eso es lo que van a necesitar estos desgraciados segundones para volver, ya que el camino de regreso es igual de horrible en el sentido opuesto. O peor. Porque el ensañamiento sádico de la meteorología les envía un huracán tras otro. Cuanto más despacio avanzan, más deben racionar; cuanto más racionan, más se debilitan y más se ralentizan. Y encima, una ventisca insalvable los inmoviliza sobre el hielo. Caen como chinches, Scott escribe una carta en la tienda y espera la muerte. Habían recorrido a pie dos mil kilómetros y, cuando encontraron sus cadáveres, estaban tan solo a dieciocho kilómetros del depósito de víveres que los hubiera salvado. Pero por una vez la posteridad aportó un poco de justicia: el público vivió con tanto desgarro el fracaso del vencido que le concedió la misma celebridad que a la proeza del vencedor.

EL SECRETISMO DE AMUNDSEN

Amundsen no partió hacia el Polo Sur, sino hacia el Polo Norte. Al menos eso es lo que les contó a los periodistas y a las autoridades de su país que financiaban parte de la expedición. Le confiaron el mejor barco noruego para la navegación polar, el legendario *Fram*, que ya había servido con éxito a sus compatriotas Nansen y Sverdrup. Amundsen sabía muy bien que si revelaba sus verdaderas intenciones en su patria, provocaría una retahíla de «es demasiado arriesgado y demasiado prematuro». A pesar de su hoja de servicio, parece que el único compatriota que se fiaba de él al cien por cien era él mismo (y su hermano, que también estaba en el ajo). De ese modo, el noruego festejó su partida hacia el Polo Norte y, por raro que parezca, nadie a bordo del *Fram* se extrañó de que, para alcanzar el Ártico, el barco pusiera rumbo al sur. Cuando llegaron a Madeira, Amundsen reunió a la tripulación y les dijo, poco más o menos: «A ver, que en realidad no vamos al Ártico, pero si le ponéis un "Ant" delante, son solo tres letras y suena parecido. Ojo, congelarnos, nos vamos a congelar igual, pero si alcanzamos el Polo Sur nos forramos». La historia no dice si alguien puso alguna objeción a este cambio de objetivo de ciento ochenta grados, el caso es que nadie tuvo quejas después: el capitán condujo a los hombres a la victoria y volvió como un héroe del Antártico y del enredo.

ITALIA

LA PRIORIDAD DE NOBILE

1928

Así pues, en 1912 el noruego Roald Amundsen fue el primero en alcanzar el Polo Sur geográfico. La conquista del Polo Norte fue mucho menos clara. Dos americanos se la disputaban: Cook, en 1908 y Peary, en 1909, y ambos se adjudicaban la hazaña y acusaban al otro de impostor (en la actualidad, el consenso de los historiadores ha creado una tercera versión: ni uno ni otro). Y fíjate por dónde, que Amundsen, insaciable pisoteador de banquisas y campeón en todas las categorías de caminata polar, también le echó el ojo a este Polo. Aunque los yanquis lo hubieran adelantado, él quería ser el primero en todo y si lo conseguía sería el primero en haber tocado los dos polos, un título que no contaría con muchos competidores. Para estar realmente seguro de ser el primero, decidió utilizar un medio de transporte que derrochaba modernidad y contaría con el apoyo de la industria y del público: el dirigible. Casualmente, un patrocinador estadounidense acababa de contactar con el noruego y estaba decidido a financiar esta nueva aventura que no podía tener un aire más fresco.

En realidad, el apogeo de los dirigibles en la historia de la aviación fue flor de un día (tan solo duró de 1900 a 1937). Depositaron muchas esperanzas en ellos, construyeron aparatos cada vez más grandes que transportaban cada vez más pasajeros a través de rutas que cruzaban el mundo. Por un momento se pensó que desbancarían al avión, pero el tamaño de estos mastodontes y su vulnerabilidad ante los elementos provocaron tantos accidentes que, tras el más espectacular de todos ellos, la explosión del zepelín Hindenburg cerca de Nueva York, en 1937, se les puso punto final como medio de transporte.

En 1926 los dirigibles estaban en plena apoteosis y la lucha entre unos —partidarios de los más pesados que el aire y que mi cuñado— y otros —partidarios de los más ligeros que el aire y que la mano de mi hermana— era encarnizada. En Italia, el más acérrimo defensor de estos últimos se llamaba Umberto Nobile, ingeniero y constructor, vinculado a la aeronáutica militar y muy apreciado por las autoridades fascistas debido a sus capacidades. Es a él a quien Amundsen, apasionado de la aviación además de piloto él mismo (este hombre le daba a todos los palos), encarga el modelo de dirigible adecuado para la expedición polar pagada por el patrocinador estadounidense. Y como Amundsen no conocía aún el manejo de los dirigibles, le convencieron para que fuera el propio Nobile, el constructor, quien pilotara el aparato durante la expedición. En mayo de 1926, el enorme supositorio de ciento quince metros de longitud bautizado con el nombre de *Norge* («Noruega» en noruego) partió desde Milán hacia los confines nórdicos y, tras una parada en Spitsbergen, despegó de nuevo hacia el Polo Norte y lo sobrevoló, para el gran triunfo de Amundsen, que cosechaba así un nuevo récord. Una vez más, el mundo entero aclamó su proeza en todas las lenguas, a excepción de un país que se cabreó y mucho: Italia. En la Italia fascista no se bromeaba con el orgullo nacional. Mussolini echaba humo: ¿Cómo? ¿Se sobrevuela por primera vez el Polo Norte con un aparato de diseño italiano, construido en Italia, pilotado por un oficial italiano y la gloria de esta genialidad a todas luces itálica se la llevan un aviador noruego y su patrocinador yanqui? El ingeniero coincidía con el Duce: Amundsen lo único que había hecho era dejarse llevar y el mérito de la victoria era suyo, de Nobile, constructor y piloto. Y más aún cuando los dos hombres habían tenido sus más y sus menos durante el viaje: la hostilidad entre ellos no era un secreto para nadie. Es más, los periodistas se deleitaban con ella: el frío y taciturno escandinavo, bien rubio y de ojos descoloridos, frente al locuaz y moreno latino, de ademanes inquietos. Para Roma, los elogios del mundo eran una traición que convenía paliar lo antes posible; más que una cuestión de orgullo nacional, era una cuestión de justicia.

El régimen decidió entonces financiar una segunda expedición cien por cien italiana con un mando italiano y una tripulación italiana[3] que superara el éxito de la primera. Nobile, nombrado ni más ni menos que general para la ocasión, asumió la dirección con un entusiasmo vengativo. El nuevo dirigible, del mismo modelo

---

[3] De los dieciocho hombres embarcados, solo dos eran de otras nacionalidades: un meteorólogo noruego y un físico checo.

que el anterior, pero llamado *Italia*, llegó a Spitsbergen en la primavera de 1928 y partió hacia el Polo Norte en mayo, en medio de un derroche de color verdiblanquirrojo. El objetivo no era solo sobrevolar el polo, sino pasar allí las vacaciones: había que aterrizar, instalarse durante unos cuantos días para llevar a cabo unas cuantas observaciones científicas y experimentar la *dolce vita* a treinta grados bajo cero. Desde Spitsbergen, un viejo navío de guerra italiano, el *Città di Milano*, sería el encargado de aportar la logística y la ayuda necesarias.

Y así lo hicieron. El 24 de mayo, el *Italia* sobrevoló el Polo Norte y lanzó la bandera italiana, la bandera de Milán, una medalla de la Virgen del Fuego y un crucifijo de roble encomendado por el Papa. La radio anunció la victoria, que se festejó en la península italiana por todo lo alto. Nobile recibió los elogios de toda una nación, el orgullo de los *bambini* y de los camisas negras al completo. Pero en el eje de la Tierra, el comité de recibimiento del Polo Norte les enviaba mientras tanto su regalo de bienvenida: una colosal tempestad de ventisca y nieve que impedía cualquier aterrizaje. Sin dilación, el capitán ordenó el regreso y ahí fue cuando todo se torció. Las ráfagas de viento se multiplicaron, la tormenta arreció en dirección contraria al monstruo celeste y el hielo comenzó a acumularse sobre su envoltura. Exhausto por la ventisca, el dirigible se golpeó contra la banquisa, la barquilla se hizo trizas y arrojó a once hombres sobre el casquete mientras los siete restantes permanecían agarrados como podían al interior de la envoltura. Con la pérdida de peso, el motor, aun medio destrozado, recuperó altura. Los tripulantes que seguían a bordo tuvieron la ocurrencia de arrojar los paquetes y el material que tenían a mano, pero el viento empujaba la aeronave desamparada cada vez con más fuerza y la enorme silueta se alejó para siempre con sus ocupantes entre la niebla. Jamás se encontró el menor rastro de la una ni de los otros.

Sobre el hielo, la situación tampoco era como para tirar cohetes. Uno de los aeronautas murió en la caída y los demás estaban heridos, entre ellos Nobile, que se había roto un brazo y una pierna. La buena noticia fue que en los paquetes lanzados por sus compañeros había víveres para una temporada, una pequeña tienda donde podían apretujarse y, sobre todo, una radio que funcionaba con la batería correspondiente. Pero sin la ropa y los equipos adecuados, aquello no era más que un angustioso aplazamiento de la condena. En cuanto se levantaron, emitieron llamadas de socorro que nadie recibió. En este punto, la historia se retuerce como la envoltura del *Italia*: si hasta aquí se trataba de un mero fracaso, a partir de ahora comienza el descalabro absoluto, cuando la sucesión de días sin noticias augura la catástrofe, que se confirma con la recepción, por fin, de una señal de socorro en la radio de un aficionado. Comienza entonces una sórdida batalla campal, un festival de descontrol, de bajeza y de impericia en la organización del rescate.

Por un montón de buenas razones, el *Città di Milano* se negó a moverse de su muelle en Spitsbergen. Entre dudas y tergiversaciones, el Gobierno italiano consideró que era mejor no hacer nada y rechazó la ayuda de Noruega por motivos de orgullo. La influencia de la prensa fue lo que cambió el curso de los acontecimientos. Ante el juicio de la opinión pública, los gobiernos de distintos países se lanzaron a competir por ser los primeros en socorrer a los expedicionarios; Noruega hizo caso omiso de la negativa italiana, y los daneses, los finlandeses y los suecos ofrecieron su ayuda en orden disperso. Italia se decidió por fin a actuar el 3 de junio. Un hidroavión italiano encontró a los supervivientes y les lanzó víveres desde el aire, ya que el estado de la banquisa imposibilitaba el amerizaje.

Ante la situación de emergencia, el enemigo personal de Nobile, Amundsen, dio muestras del superhombre que era, no solo física, sino también moralmente. Decidió tomar el mando de una misión de rescate y Francia puso a su disposición un aparato y la tripulación. El 18 de junio, el campeón del mundo de las primicias polares despegó a bordo de un hidroavión francés y desapareció con sus cinco acompañantes en circunstancias que no se conocerán jamás. Del aparato no se encontró más que un patín.

En medio de todas estas autoridades que no hacían más que cínicos aspavientos, una iniciativa privada obtuvo por fin un resultado concreto: el 23 de junio, es decir, treinta y dos días después del accidente, un piloto sueco llamado Lundborg consiguió aterrizar con su pequeño avión cerca de los supervivientes. Y allí tuvo lugar una escena fatídica que tras casi un siglo de polémica y controversia no se ha logrado esclarecer completamente. En el avioncito no hay más que una plaza libre para evacuar a un superviviente, y quien la ocupa es Nobile. Todas las razones —algunas de ellas sólidas— que él mismo dio o que dieron otros no lograron negar lo evidente: el capitán fue el primero en ser evacuado. Cualesquiera que fueran sus argumentos, cuesta no identificarlo, con los ojos del siglo XXI, como un lejano predecesor de otro italiano calamitoso, el comandante Schettino, aquel increíble guaperas que escapó del transatlántico *Concordia* durante su hundimiento dejando atrás a los cuatro mil pasajeros que él mismo había enviado a la catástrofe.

El piloto sueco tenía pensado volver todas las veces que hiciera falta para evacuar a los demás supervivientes, pero sufre un accidente en el segundo viaje. El avión da una vuelta de campana, él se salva, pero los accidentados se encuentran desde ese momento con un superviviente más. Al final, es un país aislado por las demás naciones, la Unión Soviética, con sus enormes rompehielos, quien demuestra ser más eficaz. El 12 de julio, el rompehielos ruso *Krassin* llegó hasta el campamento de los supervivientes y los evacuó en un estado lamentable, todos vivos salvo uno.

En cuanto se conocieron las circunstancias del salvamento de Nobile, en Italia lo abuchearon tanto como antes lo habían alabado, lo arrastraron por el fango con el mismo ímpetu con el que antes lo habían puesto por las nubes. El régimen fascista no quiso saber nada de sus justificaciones, tal vez porque esa estigmatización del cobarde descrtor lc scrvía al Gobierno para tapar sus propios errores. El ingeniero sufrió arresto domiciliario, lo degradaron y acabó exiliado. De vuelta a su país, tras la Segunda Guerra

Mundial, Umberto Nobile tuvo ocasión de dar explicaciones. ¿Fue suficientemente persuasivo y logró que culparan de su desventura a la mala administración fascista, ya vilipendiada por la historia? En cualquier caso, lo rehabilitaron, recuperó su categoría y vivió una gran carrera política antes de caer en el olvido y morir en su cama en 1972. El fantasma de Amundsen sigue a la espera de que le den las gracias.

Aunque cada vez hace más calor en los polos, todavía quedan hielo, témpanos y ventiscas suficientes como para ir a tocarle las narices a la muerte. Igual que en el alpinismo, allí ya no hay nada que conquistar, pero podemos complicarlo: el polo a pie, en solitario, sin ayuda, en la noche invernal… Y después: con los ojos vendados, marcha atrás, disfrazado de pollo… Si se quedan sin ideas, pregúntenme. Con todo, el Polo en solitario y sin ayuda es el desafío más habitual. Parece motivar sobre todo a los militares de carrera británicos, puede que a causa de los genes de sus antepasados, los primeros europeos en esas extensiones heladas, pero el caso es que son muchos los candidatos. Y el más galardonado de ellos fue justo el que erró el tiro.

Henry Worsley quiso terminar el trabajito que, en los tiempos heroicos, tuvo que interrumpir su prestigioso compatriota Ernest Shackleton: la travesía del continente antártico. Pero lo que en la época de Shackleton aún albergaba cierto interés científico —nadie había penetrado nunca en el *inlandsis*— en nuestros días no es más que una proeza deportiva que no sé si me atrevo a calificar de masoquista. Bueno, sí, me atrevo. En resumen, una caminata de mil seiscientos kilómetros a temperaturas de entre veinte y cincuenta grados bajo cero, con montañas, desfiladeros, valles y llanuras, todo cubierto de nieve, de hielo o de grietas, sin que te pueda ayudar ningún otro ser humano ni siquiera para ofrecerte un café. Aunque Worsley, coronel jubilado de cincuenta y cinco años, viril guerrero sometedor de la naturaleza, excombatiente en Kosovo, en Irak y en Afganistán, no se puso la coraza de medallas que le cubren el pecho en algunas fotos —allí no le habrían impresionado a nadie, y es una pena, pues le habrían protegido del frío—, al menos se llevó una flamante Union Jack para las grandes ocasiones (la salida, el Polo Sur, la llegada), como si tal bandera no hubiera ondeado ya por todo el planeta, oportuna o inoportunamente, y no siguiera ondeando en algunas islas descontentas no muy lejos de la Antártida, y estoy mirando hacia las Malvinas, que no por casualidad el oficial de Su Majestad emprendió la expedición desde Chile y no desde Argentina, uf, esta frase me ha quedado más larga que la travesía de un continente helado. En noviembre de 2016 —en el Sur es verano— este nuevo colonizador partió con sus esquíes y su trineo, todo ello fruto de la más sofisticada tecnología, de la que, por cierto, había que hacer publicidad para que al menos tanto paseo sirviera de algo. Después de dos meses de calvario por la nieve helada, Worsley no andaba lejos de conseguir su objetivo. Pero al septuagésimo primer día de marcha, a escasos cuarenta y ocho kilómetros de la meta, un enemigo invisible, que por lo general se neutraliza con el frío, lo derriba: una bacteria patógena. En un estado de hipotermia y de agotamiento extremo, tira la toalla. Como «sin ayuda» no significa «sin radio», pide socorro y un helicóptero chileno le lleva a Punta Arenas, donde fallece en el hospital. Le diagnostican una peritonitis que no logra superar debido a su dañada condición física.

El mundo de los deportistas, de los militares y de los masoquistas llora al héroe, pero hay alguien que llora más que los demás. Se trata de Louis Rudd, también británico, también militar y capitán de cuarenta y nueve años. Fue el alumno y discípulo a quien el coronel había transmitido toda la experiencia adquirida durante sus anteriores recorridos polares. El pupilo enseguida decide rendirle homenaje imitándolo. Primero, Rudd desembarca en la Antártida para acabar simbólicamente los cuarenta y ocho kilómetros que su maestro y profesor no recorrió, y le declara al mundo su intención de iniciar la misma expedición en 2018: una travesía a pie, en solitario y sin ayuda. Prepara el viaje con minuciosidad, se hace con una remesa de antibióticos, planea el itinerario, reúne fondos, patrocinadores, la causa humanitaria de rigor, etc., y anuncia al público la fecha de su partida. ¿Y qué oye en boca de esos periodistas burlones? ¡Que hay otro pingüino dispuesto a realizar la misma hazaña que él! ¡Y al mismo tiempo! ¡Un estadounidense, encima, que ni siquiera es militar! ¡Un tal O'Brady, un jovenzuelo de treinta y tres años, campeón de ese deporte de nenazas, el triatlón! ¡Un traidor embustero, seguro, un maleante civil y yanqui, oportunista y apestoso que ha anunciado la intención de asumir el mismo reto para llegar el primero! El capitán Rudd está hundido.

¡Su paseíto tranquilo y redentor del honor británico se ha transformado en una carrera infernal! Se trata de un plagio evidente, pero como las excursiones por la Antártida no están sujetas a derechos de autor, nadie puede evitar que en la primavera austral de 2018 los dos rivales se encuentren en Punta Arenas, pues tampoco hay tantos sitios desde donde saltar a la plataforma de hielo. Alentado por los patrocinadores, Rudd acepta encontrarse con O'Brady y pospone la idea de sacarle los ojos y arrancarle la oreja de un bocado, de manera que los dos hombres llegan a un pacto entre caballeros. Competirán en paralelo a cierta distancia el uno del otro y, para cumplir con el contrato, no tendrán derecho a proporcionarse ayuda mutua.

Así, parten a la vez el 3 de noviembre de 2018, con el consabido seguimiento de blogs, GPS, redes sociales y comentaristas entregados, porque, si bien una vuelta por cualquiera de los Polos en cualquiera de sus variantes no tiene demasiada chicha para la audiencia, una competición tan cargada de animadversión puede conseguir que el público apoltronado delante de la tele levante por fin una ceja, según los cálculos de los patrocinadores que han llevado a cabo la negociación.

Dos meses más tarde se hace realidad la peor pesadilla del capitán, el increíble desenlace: para el *cowboy*, ganar es como coser y cantar (y encima con manoplas, todavía más meritorio). Aporta incluso un toque de fanfarronería al saltarse las últimas paradas para acortar la travesía y recorrer una última línea recta de treinta y dos horas sin descanso. O'Brady llega el 27 de diciembre, tres días antes que su rival, tras cincuenta y cuatro días de marcha sin percances. El plagiador triunfa, el copión se alboroza, la fechoría sale a cuenta, si es que ya no hay moral. Nos imaginamos el estado de abatimiento con el que el oficial británico recorrería los últimos kilómetros y al fantasma del coronel Worsley a su espalda colmándolo de reproches: ¡*Goddamn* recluta gallina que no tienes ni puta idea de cómo ganarle la partida a un miserable comechicles!

Y los medios de comunicación mundial reaccionan: en el transcurso de varias horas, O'Brady se convierte en el nuevo conquistador polar, lo equiparan con Amundsen (bueno, al menos los periodistas que se atreven con la comparación saben quién es Amundsen). Recuerdan el grave accidente que sufrió diez años antes y estuvo a punto de dejarlo paralítico de por vida, evocan la proeza de haber subido a las siete cimas del mundo en seis meses. En definitiva, aclaman al superhombre en todo el planeta y las noticias apenas mencionan a su rival. Pero, salvo para el amor propio del británico, eso no es un problema: los dos patrocinadores, tanto el del vencedor como el del vencido, eran compañías de turismo polar y la publicidad generada por este acontecimiento beneficia a todos. Excepto a los pingüinos.

LOS FRACASADOS DE LA MONTAÑA

En principio, el alpinismo no es una actividad aventurera. Al contrario, su disciplina metódica, basada en la experiencia y el buen uso del material, ha permitido a sus adeptos «superarse a sí mismos», conquistar todas las cimas de la Tierra, decir: «¡Oh, qué bonito!», hacer una foto, dejar objetos simbólicos diversos y variados allí arriba y regresar con vida. Bueno, no siempre. Pero en este caso, el riesgo no está supeditado a la altura de las cumbres. Se han producido fracasos estrepitosos a alturas razonables, la única diferencia es que, en las alturas más elevadas, el error no perdona. Y menos aún las sorpresas de la meteorología, cuyas previsiones cada vez más precisas no parecen haber servido de mucho. No solo las montañas tienen cotas altas, en la inconsciencia también las hay.

NORTON CASI EN LA CIMA,
DAVE HAHN A DESHORA

1924 / 1999

El fracaso del primer intento serio de conquista del Everest por Norton y Somervell es una concatenación de historias extravagantes. Comienza el 4 de junio de 1924, cuando los ingleses Edward Norton y Howard Somervell, alpinistas experimentados, emprenden la ascensión hacia el minarete del mundo (no siempre va a ser «el techo», ¿no?) desde el campamento más elevado, el número seis, situado a 8170 metros. En esta época, la conquista de las cumbres altas, sobre todo en la acepción británica, se hacía a lo *gentleman*, con chaqueta de lana, camisa de franela, gabardina cortavientos, polainas de cachemir y zapatos de cuero en cuyas suelas consentían poner algunos clavos. Y con respecto al oxígeno, solo lo compraban en Harrods y en botellas de marca, no exagero demasiado. Por contra, no escatimaban en *sherpas*: los porteadores himalayos por entonces eran baratos y los seguían a centenares para llevarles el termo del té y los sillones de cuero, tan necesarios para que los campamentos base fueran lugares civilizados. Dirigida por un general, la expedición Alpine Club de Su Majestad era numerosísima. Además de los dos incautos designados para el asalto final, incluía a un buen grupo de alpinistas entrenados para asegurarse de que al menos dos de ellos fueran capaces de sustituir a los primeros en caso de debilidad.

En esas altitudes inhumanas, con esas temperaturas de frío extremo, sobre esas laderas desconocidas, con esos equipos precarios y sin oxígeno, nadie duda que los dos escaladores no eran unos *corn-flakes* reblandecidos: sabían a dónde iban y lo que se iban a encontrar. De hecho, ya habían acariciado las cornisas del Chomolungma (nombre tibetano del Everest, más bonito, qué duda cabe, que el del agrimensor general de la India). De modo que, cuando amanece el 4 de junio con un clima favorable, no titubean ante su inminente éxito: van a ser los primeros humanos de la historia en pisar el punto culminante de la Tierra a 8848 metros de altura.

Los primeros metros son fáciles, suben sin ayuda de oxígeno, cuyos equipos resultan demasiado pesados, pero Somervell sufre una tos persistente que lo incomoda. Hacia los 8400 metros, la hipoxia, la fatiga y el frío comienzan a ralentizarlos. Entonces Norton se desvía del camino planeado de antemano, ha localizado un corredor de nieve que le parece más sencillo. En realidad, el pasaje resulta ser peligroso y, una vez allí, no es la meteorología la que les juega malas pasadas, sino los problemas físicos, que los atrapan en el peor momento: la tos de Somervell se agrava y lo obliga a detenerse una y otra vez, mientras que Norton sufre una oftalmia que le reduce la visión. Sin crampones, con unas cuerdas de algodón que se rompen al primer estornudo, con su compañero en mal estado y con la vista mermada, al héroe le invade una oleada de un sentimiento muy humano al que no está acostumbrado: el miedo. Han alcanzado los 8573 metros, ningún humano ha llegado nunca tan alto, solo faltan 275 metros para llegar a la cima, casi nada, una excursión en familia para ir de pícnic al mirador de ahí al lado, ¿acaso se van a detener justo ahora? Pero de golpe la tarea parece desproporcionada y las dificultades, insalvables, así que Norton decide dar media vuelta. El descenso es laborioso, pero llegarán con vida. La historia podría haber terminado ahí, una expedición más que se da de bruces contra el Everest, pero los dos sustitutos previstos se mueren de impaciencia. El tiempo sigue estable, de modo que deciden que harán un nuevo intento con dos alpinistas en perfecto estado, George Mallory y Andrew Irvine, esta vez con la ayuda de oxígeno.

Y aquí comienza la segunda historia. Porque los duetistas que retoman la subida al día siguiente, el 6 de junio, desaparecen sin dejar rastro. Uno de sus colegas divisa las dos siluetas sobre la cresta de la montaña alrededor del mediodía, justo antes de que una nube los tape: la tormenta se levanta y los recubre con su sudario, como escribiría Marc Levy. No los volverán a ver con vida.

Y pasarán casi treinta años antes de que los *Homo sapiens* vuelvan a zascandilear por ese rincón infame del planeta: en 1953, Tenzing y Hillary alcanzan la cima y, al mismo tiempo, la gloria mundial. Sin embargo, una pequeña sombra planea sobre su triunfo. En efecto, en 1924 murieron Mallory e Irvine, pero ¿cuándo exactamente? ¿A la subida? ¿O a la bajada, lo que daría a entender que alcanzaron la cima antes de desaparecer? En tal caso, los primeros no serían los primeros.

Esta cuestión atormentó al mundo del alpinismo durante las décadas siguientes. Y como a finales de siglo comenzaban ya a escasear los objetivos gloriosos para los adictos a las pendientes, en 1999 se montó una expedición para poner fin al enigma, buscar los cuerpos de Irvine y Mallory y recoger las pruebas necesarias. Entre otras cosas, la cámara de fotos que llevaron con ellos y que sin duda habrían utilizado al llegar a la cima. El fabricante aseguraba que las fotos podrían revelarse incluso después de setenta y cinco años bajo la nieve. Y así comienza la tercera historia.

En el verano de 1999, el alpinista americano Conrad Anker, profesional de las altas cumbres, dirige la expedición Mallory and Irvine Research, dotada de todos los avances técnicos necesarios para hacer que el ascenso a cualquier cúspide sea como una ruta senderista al Mont Ventoux. Tras una investigación que no tuvo nada que envidiar al trabajo de un juez de instrucción, Anker identificó el lugar donde había más probabilidades de encontrar los cadáveres en el hipotético caso de que los alpinistas hubieran sufrido una caída. Nada más llegar a la cima himalaya, encuentra una hondonada: una especie de receptáculo para alpinistas desafortunados, ya que de entrada descubre dos cadáveres descoyuntados de sendas expediciones recientes que se deslizaron por el mismo tobogán. Y entre las rocas, le llama la atención una mancha blanca que destaca sobre la nieve. Es un tercer cuerpo que sí parece el bueno; todo encaja, pero ¿se trata de Irvine o de Mallory?

El examen del cadáver enseguida da la respuesta: es Mallory. Setenta y cinco años después de su muerte, el estado del cuerpo es extraordinario. Yace bocabajo a 8100 metros de altura, la mancha blanca era su espalda, desnuda bajo el viento y la nieve. La escasez de oxígeno y la temperatura a esa altitud protegen los organismos de la descomposición, pero no de la erosión. Por una conjunción de fenómenos diversos, la ropa, intacta en otras zonas, había desaparecido de la espalda. Sin embargo, la degradación de las capas de tejido se había detenido en la epidermis, como si la piel humana resistiera ante las agresiones del clima himalayo. Tras someter la zona a un examen meticuloso, recolectaron los objetos susceptibles de ser analizados, pero no hubo rastro de la cámara de fotos. La expedición tampoco halló el cuerpo de su compañero. En definitiva, esclarecieron las circunstancias de la caída, pero la cuestión de si llegaron antes a la cima no llegó a resolverse.

La expedición no deja de ser un éxito de repercusión mundial y satisface a los patrocinadores más allá de sus expectativas, aunque la familia Mallory no recibe demasiado bien la manipulación profanadora de los restos de su antepasado. Sin embargo, Anker no ocuparía un lugar en estas páginas sin un pequeño detalle paralelo, reflejo de la inextinguible fragilidad humana. Antes de que la expedición volviera a casa, le convencieron para continuar hasta la cima con la intención de comprobar de primera mano si los dos espectros pudieron atravesar, justo antes de llegar a la cumbre, un desnivel difícil de escalar sin el material necesario y prácticamente con las manos. De este modo, Anker emprendió su propia ascensión. Por ironías del destino, el triunfo del héroe casi se va al traste. Abandonado por su equipo, que estaba demasiado perjudicado para continuar, Anker llegó con dificultad a la cima acompañado de otro miembro de la expedición, Dave Hahn. Pero este último dio todo tipo de quebraderos de cabeza: le entró un dolor de vientre cada vez más fuerte y al final se puso malo. Al llegar a la cima, fue víctima de una diarrea irreprimible. Resulta extenuante imaginar las sesenta y tres capas de monos de kevlar herméticos que tendría que abrir y desarmar para exponer las nalgas al hielo y a la ventisca en un plazo apremiante. Pero lo consiguió. Y el descenso con un compañero enfermo y exhausto resultó ser el más imperioso de todos los peligros. Consiguió pedir ayuda por radio a sus camaradas y los dos montañeros se libraron por los pelos.

En 1999, hacía mucho tiempo que la conquista del Everest no era ya un acontecimiento. Sin embargo, Dave Hahn consiguió un récord que nadie había anticipado: la primera cagalera de un humano en el techo del mundo[4].

[4] El intento de Anker de cruzar por el paso más difícil solo con las manos no fue convincente. Ni éxito ni fracaso total, simplemente no se pudo determinar la imposibilidad de una escalada sin material. Pero teniendo en cuenta todos los parámetros en un análisis riguroso, el americano afirmó estar convencido de que Irvine y Mallory no habían llegado a la cima.

COMPAGNONI Y LACEDELLI, UN K2 ENVENENADO

1954

Vencedores del K2 en 1954, los alpinistas italianos Achille Compagnoni y Lino Lacedelli se convirtieron en héroes en su país. Eran los primeros escaladores de la península italiana que conquistaban un 8000, y no uno cualquiera: la segunda cima del planeta, el K2, que toma ese nombre extraño de la época en que se creía que era la segunda cumbre de la cordillera de Karakórum, cuando en realidad es la segunda cumbre de la Tierra, con sus 8611 metros. El Everest había sido conquistado solo un año antes, así que Italia, ávida de gloria deportiva durante la fiebre de su reconstrucción posbélica y provista de robustos fortachones expertos en la disciplina, siente de pronto el deseo ardiente de hacer ondear su bandera en un lugar donde haya que bajar la cabeza para ver los aviones pasar. Y para dar más consistencia a ese sueño loco, Italia no escatima: campeones nacionales, patrocinadores, militares, financiación estatal… Se monta una expedición por todo lo alto que obtiene vía libre por parte de las autoridades paquistaníes, con una treintena de miembros, dieciséis toneladas de material, quinientos porteadores… Ese montón de pedruscos ya puede ir preparándose.

Entre los montañeros del equipo, fichan a un jovenzuelo nuevo en la especialidad que no tiene muy buena pinta, un muchacho discreto hasta para hacerse olvidar llamado Walter Bonatti. Todavía nadie lo sabe, pero veinte años más tarde el pequeño Bonatti será una estrella mundial de la montaña y lo considerarán uno de los diez alpinistas más famosos del mundo. Pero, de momento, no es más que un aprendiz malcriado, aunque muy motivado, que juega en las grandes ligas gracias a su increíble resistencia física, pronto famosa en el mundillo (dicen que es capaz incluso de oír la música de Mariah Carey durante dos horas seguidas sin rechistar). Pero una vez allí, el equipo no sabe todavía que el K2 es incomparablemente más difícil que el Everest y, al cabo de varios días, el alcance de la misión parece mayor de lo previsto. Eso sin contar con que el ambiente entre los superhombres se deteriora: a la legendaria desorganización transalpina se le añaden las tensiones entre militares y civiles (el jefe es un suboficial), el empeoramiento de la meteorología, los problemas de salud, el oxígeno enrarecido que lo complica todo y, en particular, las dificultades técnicas, que hacen que cualquier tarea lleve el triple de tiempo del previsto. ¿Y a quién llaman siempre para los marrones, para lustrar los zapatos, para tapar las grietas, para ayudar a los colegas? Al aprendiz. Incansable, siempre en forma, Bonatti no deja de estar siempre dispuesto, qué bien que nos hayamos traído al chaval.

Pero a medida que las condiciones se endurecen, los viejos figuras son cada vez menos fuertes, e incluso hay uno que muere de agotamiento para ensombrecer un poco más el ambiente. Pese a todo, los campamentos de ascenso se van montando uno tras otro: el último antes de llegar a la cima lleva el número 9. Solo hay dos campeones lo bastante en forma como para alcanzarlo, Lacedelli y Compagnoni, que son los elegidos para el asalto final. El problema es que necesitan oxígeno embotellado y que sus colegas del campamento 8 están demasiado exhaustos para trepar hasta allí. Y los porteadores paquistaníes todavía más. Solo queda Bonatti. Este último se ofrece a subir, zarandea al porteador menos maltrecho, carga las botellas y emprende el ascenso sin tienda ni víveres para poder llevar la máxima cantidad de gas. Con una ventisca feroz y totalmente agotados llegan al lugar donde los escaladores y el equipo de apoyo habían acordado establecer el campamento 9. Pero allí no hay nada. Lacedelli y Compagnoni, tras considerar que ese sitio no era adecuado para instalar una tienda, habían ascendido un poco más. Pero ¿cuánto más? ¿Y dónde? No habían dicho ni media palabra. Bonatti y su acompañante siguen sus huellas, luego las pierden y cae la noche. Y la noche, por encima de 8000 metros y sin tienda, es la muerte asegurada. Entonces gritan, se desgañitan, todo en vano. La oscuridad se apodera de la pendiente, es demasiado tarde para descender, están atrapados. El porteador empieza a enloquecer de pánico y Bonatti se queda ronco de tanto chillar. De pronto, milagro, se enciende una débil luz y se oye una voz unos cien metros más arriba. La voz les pregunta si tienen las botellas de oxígeno.

—Sí —responden ellos.

—Dejadlas ahí y bajad —grita la voz.

—¡No podemos! —responde el perdido.

Y después, nada más. Por más que Bonatti se deja las cuerdas vocales, ya no se ve ninguna luz, y solo la ventisca responde a su sarta de insultos y amenazas: *Testa di cazzo, stronzo, pezzo di merda, vaffanculo, mortacci tuoi!*

A pesar de todo, el espagueti con crampones terminará bien. Durante mucho tiempo, él y su acólito serán los únicos que habrán pasado una noche sin tienda, a cincuenta grados bajo cero y a 8100 metros de altura sin morir. Bonatti cava un agujero en la nieve y se pasa varias horas espantosas impidiendo que su compañero se tire por la pendiente. En cuanto amanece, los dos supervivientes, que ahora parecen dos Magnum de fresa, inician el descenso: dos fantasmas que de manera increíble conseguirán llegar al campamento. El porteador, con las extremidades congeladas, sufrirá varias amputaciones; Bonatti, en cambio, saldrá indemne.

Allí arriba, los dos campeones recuperan las botellas entregadas a domicilio como una pizza, conquistan el K2 silbando y bajan con las manos en los bolsillos convertidos en estrellas mundiales (estoy exagerando para la literatura, ellos también las pasaron canutas). Ah, ¿estáis aquí? ¡Menos mal! Estábamos preocupados... Bonatti se calla y aprieta los dientes. Durante treinta años. Entre tanto, los dos vencedores le repiten al público la versión oficial del episodio: «Les pedimos que bajaran. Si no lo hicieron, es su problema. Además, las botellas que nos trajeron estaban medio vacías y no nos sirvieron».

Durante esos años, mientras se convierte en ídolo planetario del alpinismo y sobrepasa con creces la fama de sus antecesores, Bonatti le dará vueltas a lo sucedido y se forjará una opinión basada en las más negras sospechas. En 1985, por fin, desembucha: denuncia que Lacedelli y Compagnoni los abandonaron a propósito sin tienda a más de 8000 metros de altitud. ¿Por qué? Por la ambición encarnizada del éxito. Sabían que si compartían la tienda de dos plazas con otras dos personas no descansarían lo suficiente como para finalizar el ataque victorioso y, sobre todo, temían que el joven e infatigable pupilo aprovechara para subir también a la cima o, peor aún, que llegara antes que ellos. Dado que conocían las implicaciones de una noche a la intemperie allí arriba, Bonatti los acusa de homicidio de manera implícita. Y considera que el mundo ha de saber que los dos campeones no habrían coronado si él no les hubiera subido el oxígeno. Por su parte, los interesados, con el apoyo del mundillo del alpinismo italiano al completo crispado por la proeza, se defenderán sin ceder ni un milímetro y afirmarán cada vez con más ahínco que no utilizaron las botellas en la cima. Así, durante mucho tiempo, lograrán mantenerse sólidos para defender la versión oficial. Nadie quería que el éxito de aquellos dos héroes nacionales se viera empañado o reducido por los berridos de un exaltado que sin duda tenía talento, pero resultaba un poco tocapelotas para los caciques del deporte transalpino.

Comienza entonces otra epopeya, esta vez judicial. Y juicio tras juicio y libro tras libro (publicará tres sobre este asunto), Bonatti defenderá su verdad del mismo modo combativo con el que juega al salto del burro sobre las cumbres del mundo. Y su nueva cruzada, una verdadera investigación policial, resultará tan jadeante como sus proezas en las alturas. Repetirá su historia a los periodistas hasta la saciedad. Los dos acusados, asediados por preguntas cada vez más insistentes, acabarán por guardar un silencio sepulcral. Pero en 1993, en un giro inesperado de los acontecimientos, Bonatti encuentra la prueba irrefutable de sus afirmaciones en una de las fotos tomadas en la cima por los vencedores, unas imágenes que en Italia se habían cuidado mucho de no publicar. En una de ellas, Compagnoni lleva puesta la máscara de oxígeno; en otra, se ve que Lacedelli tiene alrededor de la boca la señal de la máscara que se acaba de quitar para la foto.

Es en 2004, justo cincuenta años después de los hechos, cuando el Club Alpino italiano abandona oficialmente la versión de Lacedelli y Compagnoni y da por buena la de Bonatti. La verdad por fin se reestablece, pero digan lo que digan, en el libro de gloria de una nación toda esta historia es un fregado.

HENRY Y VINCENDON, ¿QUIÉN SALVARÁ A LOS SALVADORES?

1956

Subir muy alto y tener un accidente es una peripecia banal del alpinismo. El fracaso forma parte de este deporte y la renuncia es una perspectiva necesaria cuando viene determinada por un juicio racional. Pero a veces la distancia entre una buena y una mala decisión es corta, y una elección equivocada en un caso así implica, más que en otras actividades deportivas, un riesgo alto de accidente o muerte. Nunca acabaríamos de enumerar los desatinos, letales o no, en los intentos de ascensión en el mundo entero.

Sin embargo, el desastre de François Henry y Jean Vincendon en 1956 sigue siendo una herida abierta en el ámbito del alpinismo francés. Durante el mes de diciembre de aquel año, dos jóvenes descerebrados y un tanto idiotas —un aspirante a guía y un estudiante belga— deciden ascender el Mont Blanc en pleno invierno por una vía difícil, en una época en la que las cumbres invernales no estaban de moda. Aclaro: desde que se conquistaron las paredes más altas del mundo, los verdaderos deportistas se entretienen aumentando la dificultad. Buscan los itinerarios más arduos para llegar al mismo punto con la sutileza añadida de efectuar las ascensiones en pleno invierno. De ahí la tendencia, a partir de finales de la década de 1950, de repetir los grandes recorridos montañeros con mal tiempo garantizado. Y aunque desde el principio de la excursión los dos deportistas se dan cuenta de que no han acertado en la lotería meteorológica, la escalada en condiciones de mierda forma parte del trato, así que ni el tiempo que empeora ni la niebla que cae a la par que la nieve logran detenerlos.

Pero cuando buscamos marrones más allá de ciertos límites, los marrones nos llegan, eso lo sabemos todos. Pues bien, una tormenta enorme se levanta y la niebla se hace tan espesa que los dos escaladores se alejan de la vía prevista y se pierden[5].

Abajo, en Chamonix, después de tres días sin noticias, sus allegados comienzan a preocuparse. Los servicios de emergencia están de vacaciones, a los militares no les concierne y los guías profesionales se encogen de hombros: así aprenderán esos jóvenes idiotas descerebrados. Al cabo de otros dos días de espera y de escaqueos, divisan a los dos extraviados a través de un catalejo. Por lo que se puede observar con el máximo aumento, hay dos siluetas negras sobre la nieve, están vivos, pero parece que en muy mal estado. Por lo demás, sorpresa inquietante: se encuentran en un lugar imprevisto, conocido entre los guías por su peligrosidad, además de ser casi inalcanzable a pie. La desorientación les ha hecho descender hasta ese punto muerto, pero no pueden

---

[5] Por una burla del destino, y por increíble que parezca, antes de que las cosas se compliquen se encuentran azarosamente con Walter Bonatti, junto al cual recorren una parte del camino. Al italiano, que también intenta el ascenso invernal, le pillará la misma tormenta. Pero él saldrá ileso.

seguir bajando y es obvio que el agotamiento les impide volver a subir.

Enviar una cordada de rescate a ese espantoso punto llevaría mucho tiempo y comprometería su supervivencia. Tampoco se puede esperar a la primavera para que el clima sea favorable, así que les piden a los militares que utilicen un helicóptero. Tras muchos rodeos, contemplan la opción, pero estos aparatos son algo muy nuevo para el ejército francés en esa época. La guerra de Argelia apenas empieza a poner de manifiesto su necesidad, los primeros modelos franceses acaban de salir de la fábrica y los que están en servicio son en su mayoría americanos. En consecuencia, hay pocos pilotos y menos aún tienen experiencia, sobre todo en la montaña, sobre todo en invierno. Sin embargo, tras cuatro días de prórroga, dos pilotos algo inseguros tratan de aproximar una enorme máquina a la pared rocosa, en concreto un Sikorsky S58.

El plan consiste en estabilizar el aparato en vuelo estacionario sobre la pendiente, cerca de los dos alpinistas perdidos, para que dos guías los rescaten y los ayuden a subir a bordo. Pero la nieve en polvo levantada por las palas ciega al piloto, el viento hace que la estabilización resulte infernal, las hélices tocan la pared, el helicóptero se estrella y acaba cayendo sobre la nieve. No explota de milagro y los cuatro ocupantes —dos alpinistas y dos pilotos— salen con vida. Ahora ya no hay que socorrer a dos personas bloqueadas a 4000 metros de altura en un lugar inaccesible a treinta grados bajo cero, sino a seis. Y rápido, porque los dos pilotos no están equipados para la montaña. A partir de ahí, la prensa y todo el país comienzan a interesarse por este asunto y, como no está bonito que haya tanta gente en peligro allí arriba, esta vez deciden mover el culo más rápidamente.

Varias horas después del accidente, un segundo Sikorsky traslada a otro equipo de salvamento cerca de la zona, a un lugar mucho menos peligroso, y se aleja enseguida para no arriesgarse a provocar otro accidente aéreo. Dos rescatadores llegan hasta los seis siniestrados, les proporcionan ropa adecuada a los pilotos y tratan de auxiliar a los dos jovencitos. Descubren con consternación que estos últimos se han quedado inválidos por la congelación. No pueden mover la parte inferior del cuerpo y siguen perfectamente conscientes, aunque algunas de sus funciones vitales están afectadas. Sin intercambiar una palabra, los profesionales de la montaña saben lo evidente: los dos jóvenes idiotas y descerebrados están bien jodidos. Se limitan a trasladarlos al interior del helicóptero accidentado para ponerlos a cubierto y les proporcionan cuidados superficiales. Tras una dolorosa vacilación, los guías se resignan a admitir que no hay alternativa: mientras les juran que van a volver, abandonan a los dos inválidos y evacúan a los demás para conducirlos al refugio de alta montaña más cercano. Los cuatro guías tendrán que ayudar a los dos aviadores, que jamás han puesto un pie en la montaña. No podrán abandonar el refugio de inmediato debido al tiempo, que no mejora, pero al menos esperan bajo techo, con víveres y leña.

Durante los días siguientes, el batallón de periodistas agolpado en las terrazas de Chamonix entre filas de teleobjetivos va a tener trabajo: cubrir las maniobras para rescatar a los rescatadores bloqueados por el mal tiempo en el refugio; tratar de obtener entrevistas sangrientas con todos los responsables, tanto montañeros como autoridades que, de muy mal humor, se devuelven la pelota unos a otros y lo condenan todo salvo su propia pasividad; e imaginar la agonía de los dos jóvenes idiotas y descerebrados que permanecen entre los restos del accidente. A los supervivientes del refugio los recogerá sanos y salvos, cuatro días más tarde, el primer helicóptero de diseño francés, el Alouette, enviado expresamente al lugar, una estupenda jugada publicitaria. Este éxito nacional de la industria tricolor permitirá guardar discreción con respecto a los dos cadáveres congelados que no se recuperarán hasta primavera. Los profesionales de la montaña tardarán mucho en digerir este lamentable fiasco. Muchos condenarán en voz baja durante un tiempo este tipo de iniciativas arriesgadas con frases como: «Estamos hasta los crampones de los jóvenes idiotas y descerebrados que corren riesgos absurdos y provocan gastos y ponen en peligro a los demás», sin pensar que con esas palabras están describiendo a los pioneros del alpinismo.

EL SALTO EN PICADO DE MARCO SIFFREDI

2002

Como ya no quedan picos que conquistar en la tierra salvo el de la antena de mi tele, siempre se escalan los mismos, pero añadiendo cada vez más dificultad: el Everest a la pata coja, el K2 en bici, el Mont Blanc con tacones de aguja… A eso lo llamamos deportes extremos y los batacazos también son, por supuesto, extremos. Vemos a jóvenes alocados que realizan proezas físicas inauditas, pero con accidentes tan frecuentes que a ratos parece la arena de un circo. De todos estos jóvenes temerarios sacrificados en el altar de la aceleración, el ultrarriesgo y la fama, si tuviéramos que escoger un solo ejemplo, Marco Siffredi los resumiría todos.

Virtuoso incontestable de los deportes de tabla, su especialidad consistía en descender las montañas más elevadas en *snowboard*. Oriundo de Chamonix, este ídolo de los encuentros deportivos con alta dosis de adrenalina tiene apenas veinte años y ya se ha lanzado por todas las pendientes de los Alpes sobre su tabla, además de haber soportado la ascensión a varias cumbres chungas de todo el mundo solo para bajarlas después más rápido que una avalancha. Porque los descalabros más estúpidos de estos majaras de la caída libre en esquíes o en *snowboard* consisten en que se los trague la avalancha que ellos mismos provocan. En definitiva, como señal de la mutación del alpinismo, la subida a las cimas no presenta en este caso más que un interés relativo, porque lo que cuenta es la manera de descender de ellas. Y por supuesto, un superdotado como Siffredi enseguida le echó el ojo a la más radiante de todas: el Everest.

Su proyecto consistía en bajar en *snowboard* la ladera norte, que se encuentra en territorio tibetano, por la vía denominada «corredor Norton». Actualmente hay tantos candidatos que subir ahí arriba parece una formalidad donde lo más complicado es sacar la entrada para hacer cola en el campamento base. Pero en 2001, Siffredi lo consigue sin ningún problema, se calza la tabla y ¡yupiii!, surfea en cuatro horas los 1800 metros de pendiente que sus predecesores tardaron varios días en descender. Llega abajo emocionado, como un crío que se tira por primera vez por el tobogán de los grandes y dice aquello de «otra, otra». Su récord absoluto le parece tan satisfactorio o tan fácil que enseguida le entran ganas de volver a empezar. Pero atención: no por una rampita para la tercera edad, no, por un itinerario peligrosísimo, digno del joven dios rubio que él es. De modo que esta vez escoge una vía más estrecha, más escarpada, más escabrosa, llamada «corredor Hornbein».

Se olieran o no el resultado final, la cuestión es que las revistas y los programas especializados que aplauden su proeza no bastan para conseguir patrocinadores, de modo que el joven Mercurio de veintitrés años financia de su bolsillo los cuarenta y cinco mil euros que cuesta esa segunda ascensión al Everest. Un año después de su primer logro, el 8 de septiembre de 2002, el campeón, de vuelta a la cima de la Tierra, equipado con una cuerda de rápel para superar los pasos verticales, se lanza una vez más al vacío con su tabla de planchar. Y después, nada más. Allí no había ningún helicóptero para filmar el intento (los vuelos en helicóptero con bajas presiones son difíciles, en caso contrario todos los ricos harían que los llevaran), ningún cámara iba tras él sobre un *snowboard* de rodaje, nadie sabe qué sucedió. A día de hoy, no se ha encontrado su cuerpo. Es cierto que le salió mal la jugada, pero gracias a su juventud, a su belleza y a su rapidez, las jovencitas soñarán durante mucho tiempo con este Rimbaud de la tabla.

EVEREST IN PEACE

Todos los años varios chalados se dejan la piel en el Everest. Improvisación, material defectuoso, limitación física o simple mala suerte… En los tiempos heroicos, el contexto extremo explicaba las tragedias y las primeras décadas de ascensos privados tuvieron su cuota anual de muertos, pero cuando, con la creciente afluencia de gente, el campamento base superpoblado se convirtió en una batalla campal entre expediciones comerciales rivales, las víctimas de la competencia fueron más numerosas que las del deporte. En 1996, dos agencias americanas se asociaron para burlarse de las naciones concurrentes. Llevaron a sus clientes a la cima, efectivamente, pero luego no los bajaron. Los empresarios propusieron y la montaña dispuso: ocho muertos, entre ellos los propios guías de las agencias. Tormentas, avalanchas y terremotos… la fatalidad himalaya no tiene en cuenta las necesidades comerciales. El récord de 1996 se batió en 2014: dieciséis muertos. Y después, en 2015: dieciocho muertos.

LOS FRACASADOS DE LA HAZAÑA CIENTÍFICA

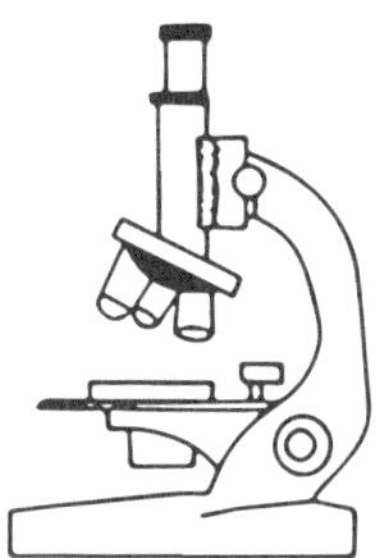

Está claro que todas las ciencias han tenido sus mártires, pero entre los sacrificios de sabios e investigadores, víctimas por una buena causa, están los casos particulares de aquellos para quienes la ciencia es indisociable de la aventura, sin que sepamos nunca cuál de las dos predomina en su compromiso. No obstante, podemos estimar con facilidad que para estos la llamada de los horizontes lejanos y la inquietante atracción de la naturaleza resuenan con un eco bastante más cautivador que la perspectiva de los austeros y fastidiosos experimentos en los agobiantes sótanos de los laboratorios.

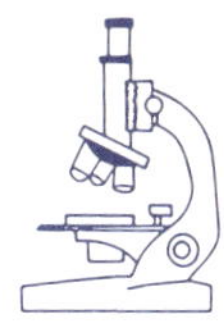

LAS TRIBULACIONES DEL PADRE LE GENTIL

1761

Lo que impulsó a este respetable hombre de Iglesia, hijo de un caballero normando, a embarcarse hacia la otra punta del mundo en una época donde la navegación parecía un juego de azar amañado, no fue el mero gusto por la aventura ni la atracción del dinero ni la voz de Dios, sino una misión científica encargada por el rey Luis XV. Por razones enigmáticas, y más en este periodo donde el racionalismo impío aún suponía el riesgo de acabar en la hoguera, el estudiante de Teología se quedó prendado de la ciencia, en particular de la astronomía, y abandonó el esplendor de los ciborios y las hostias por la embriaguez de los telescopios y los cálculos planetarios. Con perseverancia, el padre Guillaume Le Gentil de la Galaisière ascendió los peldaños del saber y se convirtió en un astrónomo de categoría, hasta el punto de que lo admitieron en la Academia de las Ciencias y lo contrataron para el Observatorio de París.

Entre tanto, Su Majestad solicita a Su observatorio y a Sus sabios que estén a la altura de las grandes naciones de Europa en la observación del «tránsito de Venus». Al contrario de lo que podrían pensar algunos guasones, el tránsito de Venus no tiene nada que ver con las funciones intestinales de la diosa del amor, sino que es el nombre otorgado al paso del planeta Venus por delante del Sol, un acontecimiento poco frecuente. Maravillas de la mecánica celeste: resulta que el planeta Venus pasa entre la Tierra y el Sol y su silueta destaca sobre el astro del día. Es algo formidable que envía al hospital a un montón de observadores curiosos, ya que no siempre tenemos unas gafas de soldador a mano. Pero la mencionada mecánica celeste reserva una broma para este tránsito de Venus: el planeta pasa, como decíamos, por delante del Sol, plom plom plom, es precioso, tomamos un montón de medidas, hacemos dibujos, y mejor que no nos equivoquemos, porque tarda ocho años en volver a pasar por el mismo sitio; pero luego, atención: para la siguiente oportunidad, ¡hay que esperar ciento veinte años[6]! Eso significa que el doble paseo por delante del gran proyector constituye un acontecimiento astronómico muy valorado. Además, durante esta segunda mitad del siglo XVIII la ciencia comienza a disponer de medios y teorías bastante fiables para obtener con suficiente precisión conclusiones astronómicas relevantes y descubrimientos en pos del progreso técnico y marítimo de las naciones que sepan dominarlos.

Por esa razón, el rey de Francia considera que Sus científicos deben estar capacitados para tamaño acontecimiento. Siguiendo Sus órdenes, el Observatorio de París organiza los preparativos a

---

[6] O ciento cinco. El ciclo exacto es: 121 años, 8 años, 105 años, 8 años. Y así siempre, cada doscientos cuarenta y tres años.

lo grande. Para aprovechar las zonas donde el tránsito será más visible, planean enviar un astrónomo a Siberia, otro al extremo sur de África, otro a las Mascareñas, en mitad del Índico[7], y otro aún más lejos, a la costa oriental de la India, a la factoría de Pondicherry, por entonces propiedad francesa. Es a este último lugar donde destinan al joven y diligente padre Le Gentil.

El tránsito de Venus está previsto el 6 de junio de 1761. Para llegar a Pondicherry, el cura debe rodear África y atravesar el océano Índico; todo el mundo es consciente de los imprevistos que pueden surgir en un viaje tan largo, en una época de embarcaciones de vela y cascos de madera. Las autoridades del observatorio, metódicas, proceden con anticipación para reunir el material de observación, los filtros solares, las cremas UV factor 50, las instrucciones, etc. El sacerdote parte de El Havre con más de un año de antelación, el 26 de marzo de 1760. Primera etapa: la isla de Francia, como se llamaba la isla Mauricio antes de que inventaran los departamentos noventa y tres y noventa y cinco de la región parisina.

La primera parte del viaje se desarrolla sin incidentes y desembarca en Mauricio el 10 de junio, pero justo entonces empieza a complicarse el asunto. Las noticias que recibe a su llegada no son buenas: la Guerra de los Siete Años, que enfrenta a Francia y a Inglaterra, acaba de intensificarse y ningún barco es capaz de transportar al cura hasta la costa india. Pasan los meses,

---

[7] Allí irá otro sacerdote, el abad de Tréguier, enviado por un tal Marion du Fresne; véase el capítulo correspondiente, pp. 15-21 (qué pequeño es el mundo).

el tragasantos patalea, el plazo cada vez es más apretado, aunque aún hay margen. Por fin, en marzo, una fragata de la Marina con destino a Pondicherry acepta llevar a bordo al astrónomo. Pero los caprichos meteorológicos del monzón juegan con el barco y con los nervios de su pasajero, y pierden varias semanas dando vueltas en círculo hasta que el 24 de mayo llegan a Mahe, en la costa oeste de la India. Aunque la fecha fatídica está cerca, todavía sigue habiendo tiempo. El barco vuelve a zarpar, rodea la punta de la península india en dirección a la factoría de la costa este y casi llega a su destino cuando se produce la catástrofe: los pérfidos ingleses eligen justo ese momento para atacar Pondicherry. El desembarco queda fuera de discusión, lo único que puede hacer la fragata es dar media vuelta. El maldito 6 de junio de 1761 el astrónomo se encuentra de nuevo en alta mar y, más arriba, un pequeño punto negro pasa por delante del Sol con una risita burlona. Por más que el cura saca sus instrumentos a la cubierta del barco, un telescopio refractor resulta tan práctico con el balanceo de las olas como una peonza torcida, así que el religioso solo puede golpear la barandilla con los puños: ha fracasado en la misión.

Sin embargo, de vuelta a la isla Mauricio, Le Gentil tiene una reacción de orgullo muy humana: no es posible haber recorrido tanto camino y haber navegado durante año y medio para obtener un resultado tan pésimo. Venus le dará una segunda oportunidad ocho años después. Y decide esperar allí mismo. Está soltero, es dueño de su tiempo y, de todos modos, para repetir la misión tendría que hacer un viaje de ida y vuelta que le llevaría tres años, con el riesgo adicional de que lo sustituyan por otro. Así pues, escribe a sus jefes y a su familia para comunicarles su decisión de quedarse por allí para esperar el siguiente tránsito de Venus, previsto para el 3 de junio de 1769. Esos ocho años los dedicará a diversos estudios sobre la geografía y las costumbres regionales, y analizará en profundidad, entre otras cosas, la astronomía india. Dispondrá de todo el tiempo que quiera para bruñir sus instrumentos hasta desgastarlos con tal de no perder esa última oportunidad. Y para estar aún más seguro, decide cambiar el lugar de observación e instalar el observatorio en Manila, en Filipinas. Pero la Guerra de los Siete Años sigue produciendo daños colaterales: los españoles, aliados de los franceses, lo consideran un espía y se ve obligado a marcharse. Como la paz ha vuelto a la factoría francesa, Le Gentil se instala en Pondicherry con mucha antelación, en marzo de 1768. Esta vez, ni los tigres de Bengala podrán desalojarlo. Se construye un observatorio y afina sus instrumentos mientras mira con confianza el cielo claro y sereno donde brilla un sol imperturbable. Cuando llega el 3 de junio de 1769, el sacerdote está más que preparado.

Pero el cielo no.

Cuando amanece, el cura advierte con una incredulidad abrumadora el velo nuboso, casi opaco que enmascara por completo los cielos. De manera absolutamente excepcional para esa región siempre soleada, la meteorología decide lanzar una pequeña perturbación por encima de Pondicherry justo ese día. El tiempo encapotado no le dará la más mínima tregua a Le Gentil, se extenderá durante toda la jornada y no se levantará hasta media hora después de que el planeta pase por delante de la estrella. Para la próxima ocasión, habrá que esperar más de un siglo.

—¿Lo ves? —Resuena la voz del Altísimo con mucha intención—. Ya te dije que no te mezclaras con los pitagorines impíos y los sabihondos incrédulos, que te quedaras junto a tu pila de agua bendita. Pero has preferido jugar a los eruditos y hacerte el listillo alrededor del mundo; pues te está bien empleado.

Porque Dios es sádico cuando quiere, pero el cura es demasiado racional para pensar en otra cosa que no sea una mala suerte increíble y todavía no sabe que sus problemas no han hecho más que empezar. De inmediato, su desánimo es tal, tras esta mala pata tan pasmosa, que cae enfermo y no puede partir, ya que la fiebre lo postra en la cama. Por fin, seis meses más tarde, reúne las fuerzas suficientes para subirse a un barco, pero la meteorología, que ha descubierto cómo burlarse de un curilla arrepentido, no le da tregua: una tormenta descomunal daña el navío, que no logra superar la isla Borbón, antiguo nombre de la Reunión. El sacerdote gafado se pasa meses esperando otro barco para ver de nuevo su Normandía, pero hasta agosto de 1771, más de dos años después de la salida de Pondicherry y once desde que zarpara de El Havre, no consigue que un navío, de bandera española, le permita regresar a Europa. Tras desembarcar en Cádiz, el cura, que está hasta la mismísima sotana de la espuma y el relente, decide llegar a París por tierra, que tampoco es moco de pavo. Pero el camino pedregoso le resulta más favorable que el clima marino y al fin llega a la capital, a su hogar, con su familia: ¡Yuju, ya estoy aquí! Pero sus allegados y colegas lo reciben con gritos de terror: ¡un fantasma!

Abrumado, descubre que ninguna de sus cartas llegó a París y que lo declararon muerto al cabo de varios años, lo que les vino de perlas a sus rivales y a sus herederos. Han vendido sus bienes, han ocupado su asiento en la Academia y han reasignado su puesto en el observatorio. Y su resurrección no es bien recibida por todo el mundo.

En ese momento, el cura se ve obligado a lanzarse a otro tipo de aventura: el procedimiento judicial. Apela a la justicia para recobrar sus títulos y sus derechos. Acaba recuperando su lugar en la Academia, pero las intrigas de los mercachifles locales le hacen perder definitivamente sus bienes. Sin embargo, Le Gentil, que reúne todas las condiciones para convertirse en una mala persona, ve cómo su patética trayectoria termina a la manera de una novela rosa. En medio de la batalla judicial que no le permitirá rescatar su patrimonio, descubre el amor y se casa con una joven de su pueblo con la que tendrá una hija. Este soberano de la mala suerte pasará el resto de su vida tranquilamente criando a su niña y escribiendo unas memorias científicas donde recogerá todas sus vivencias durante las peregrinaciones oceánicas. Por desgracia, como el destino es coherente hasta el final, la posteridad no retendrá más que su récord de infortunio y esas memorias solo servirán para llenar las estanterías polvorientas de la Academia. ¿Naufragará su martirio en el olvido alguna vez?

No del todo. Conmovidos por semejante viacrucis al servicio de la ciencia, los astrónomos del futuro decidirán ponerle su nombre a un cráter de la Luna, un privilegio reservado a un número muy reducido de humanos. Elegirán uno en la parte sudoeste de la cara visible. ¿El grande que tiene una montaña central? No, el de al lado. ¿El pequeño? ¿Abajo? ¿El que tiene el borde medio difuminado? No, más hacia allá. ¿El leve declive erosionado que apenas se ve con la luz rasante? Ese, ese es.

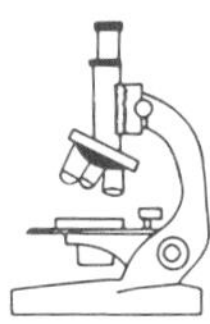

CONRAD KILIAN, PREMIO DESIERTO

1950

A Conrad Kilian le atraía un tipo de aventura que tenía trazas de arena caliente, de roca tórrida sin batracios ni plantas, de horizonte reseco que el sol sacude con el movimiento browniano del aire abrasador. Conrad Kilian se quedó prendado del Sahara y esa obsesión lo persiguió durante toda su existencia.

Geólogo de formación e hijo a su vez de un geólogo grenoblés famoso por haber fundado la geología alpina, no pudo soñar mejor escenario para su oficio que el desierto, que es donde el mundo mineral exhibe su verdadera faz sin ningún velo verdoso e inoportuno. Con veintitrés años, cuando todavía no ha terminado sus estudios, se marcha, con el beneplácito de su padre, para hacerse con el terreno y enfrentarse a la mineralogía práctica en un campo de investigación tan gigantesco como inexplorado. Porque a principios de la década de 1920 todavía no se ha llevado a cabo ningún estudio geológico profundo en el Sahara, por la simple razón de que ningún investigador lo ha pisado jamás y aún quedan regiones enteras ignotas con poblaciones indígenas desconocidas.

Como preludio de toda su vida, la primera oportunidad científica como candidato geólogo surge de una manera curiosa: su misión no es una prospección mineralógica, sino una búsqueda del tesoro. En efecto, un verdadero tesoro, reluciente y tornasolado, bañado de un halo legendario, con referencias suficientes como para creer en su existencia: las esmeraldas de los garamantes. La cosa es que en los aduares circula una leyenda según la cual, en la antigüedad, los guerreros garamantes escondieron un fabuloso tesoro de esmeraldas en los montes de Hoggar. Esta historia le había removido las entrañas a un rico y ardoroso colono de origen suizo que vivía en Cabilia. Sediento de epopeya y de misterio, tras algunas investigaciones, había dado con el relato reciente que un oficial y explorador francés había contado al jefe de una tribu: el hombre había visto con sus propios ojos las montañas de esmeraldas escondidas en unas cuevas secretas antes de morir asesinado[8].

Como es demasiado mayor para partir solo pero cuenta con los medios necesarios, el colono financia una expedición de búsqueda. Contrata a una especie de aventurero profesional y embaucador de piel curtida, también de origen suizo alemán, habituado al desierto y ducho en situaciones espinosas, que será quien dirija la operación. También contrata, por intermediación del mundillo de la mineralogía francesa, a un geólogo capaz de localizar los

---

[8] El biólogo Théodore Monod, durante sus peregrinaciones por el Sahara, se topará con esa misma leyenda en 1940. De ella sacará el título para una de sus colecciones de recuerdos: *L'Émeraude des Garamantes*, donde evoca de pasada el papel de Conrad Kilian.

posibles yacimientos: el joven estudiante Kilian, deportista y brillante, que se encargará de la parte intelectual. Pero a medida que la expedición avanza, la división de tareas se convierte también en una división entre ambos. La caravana parte el 8 de enero de 1922 desde Tuggurt en dirección al macizo de Hoggar: camellos, séquito de chaambas, guías tuaregs. Al principio, Conrad intenta acostumbrarse al viaje, convencido del descubrimiento que les espera, pero enseguida se da cuenta de que su compañero no está tan convencido como él de la existencia de las esmeraldas de los rastacueros. Él también las busca, por supuesto, porque para eso le pagan —¿quién sabe qué deparará el destino?—, pero su prioridad es sacarle el máximo de dinero al patrocinador. Así pues, el joven mocoso pierde el interés por el encargo y se consagra cada vez más a la exploración geológica de las regiones por donde cruza la expedición. Para gran desesperación de su compañero, se pasa el tiempo realizando sondeos y anotaciones en territorios que, en efecto, nadie ha estudiado jamás. Mientras el otro despotrica, el aprendiz de geógrafo asimila las tradiciones, los usos y los métodos de supervivencia de los autóctonos. A principios de marzo, la caravana llega a Tamanrasset.

La tensión entre los dos hombres alcanza tal nivel que, en abril, Kilian decide continuar solo. En el último momento, un guía chaamba se empeña en acompañarlo, pero todos los demás se mofan de su proyecto insensato de atravesar los montes Hoggar por una ruta que nadie ha utilizado jamás y donde se desconocen los puntos de agua. Cuando el 2 de junio, después de haber rozado la muerte en varias ocasiones, Kilian alcanza el puesto de In Salah, los oficiales no dan crédito a lo que ven, pues ya lo consideraban perdido, muerto de sed o asesinado por los rebeldes tuaregs.

No ha encontrado el tesoro de los garamantes. Las únicas riquezas que ha logrado reunir son un amasijo de notas científicas. Pero entre sus garabatos se encuentra un erario mucho más inestimable que una vagoneta llena de esmeraldas: petróleo. Apenas retornado de su periplo, se pone a trabajar y le envía a su padre, para que lo publique, un informe titulado: *Panorama general de la estructura de Tassili n'Ajer*, donde apunta con una gran intuición que, por la naturaleza de las rocas y por su edad, está convencido de que hay bolsas de nafta, como se llamaba por entonces al oro negro.

No ha perdido el tiempo. Además de saber montar en camello, ha encontrado su vocación: será explorador del Sahara. Mejor aún: ya que Francia ha conquistado el Sahara, desplegará la bandera tricolor en los confines del desierto para su señor presidente de la República y arrastrará a las poblaciones locales agradecidas con el fin de ofrecerle a su patria eterna las riquezas y el poderío que su arrojo y sus talentos científicos sabrán prodigar.

De vuelta en París, Conrad no se digna presentar su tesis universitaria, ya que considera a los examinadores unos simples burócratas, unos blanquitos enclenques cuya sabiduría es inaceptablemente inferior a la suya. Espera al Sahara y el Sahara lo espera a él. Pese a que sus años de formación han sido revueltos, no le han impedido cultivar una personalidad fuerte a la par que desconcertante. Apasionado del romanticismo medieval —su prestigiosa ascendencia de las familias Cuvier y Boissy d'Anglas no es ajena a este entusiasmo—, Kilian es un señor, un caballero de los tiempos pasados: las dunas ardientes serán su Grial, las riquezas del subsuelo sahariano, su cruzada.

A lomos de un camello, acompañado por un guía tuareg a quien nombrará su escudero, el caballero Kilian comienza a explorar el desierto en expediciones individuales tan inéditas como peligrosas, multiplica los contactos con las tribus locales y se planta en todos los poblados precedido por su «escudero-portaestandarte», su tuareg preferido, acarreador de la insignia de sus armas con la divisa: «¡Con los valientes, Kilian presente!». Una aparición que hace aún más espectacular, si cabe, gracias al uniforme de oficial del ejército francés que lleva con guantes blancos debajo del albornoz bereber. Durante la década de 1930, recorrerá el Sahara de esta guisa, más o menos por encargo, más o menos de manera oficial, más o menos financiado, pero ya acostumbrado a la vida en el desierto; acometerá proezas para identificar regiones hasta entonces inexploradas, establecerá las bases de la geología de Hoggar y de Fezán, abrirá itinerarios jamás recorridos antes y comenzará a forjarse un nombre en el entorno sahariano.

La Segunda Guerra Mundial, que lo ve sumarse como teniente de artillería en el norte de Francia, lo calma un poco, sobre todo porque lo apresan y lo envían a Alemania. Pero para acrecentar su obsesión colonial, tras su liberación, lo nombran agregado científico del laboratorio de Geología Aplicada en la Facultad de Ciencias de Argel.

A partir de ese momento, esta especie de Lawrence de Arabia de segunda meterá las narices en todo: asuntos militares, estratégicos, geopolíticos, diplomáticos… Se inmiscuirá en las rencillas fronterizas entre las colonias italianas y francesas y arrodillará su camello por doquier. Mediante el uso y abuso de su estatus autoproclamado de explorador científico, intentará hacerse oír en las altas esferas, pero su vehemencia altiva y su combatividad enervarán tanto a los oficiales coloniales como a los jefes árabes. En ese mundo cuadriculado, no solo hará amigos…

Sobre todo porque en 1943 un incidente hiere en lo más hondo su obsesión patriótico-geoestratégica y aviva su vigor como prosélito: durante una expedición topográfica que conecta Agadés con Tamanrasset, descubre que los ingleses están explotando en secreto un yacimiento mineral en el centro del Sahara francés. A partir de entonces comienza la pendiente resbaladiza que desembocará de manera progresiva en la paranoia (de todos modos, conviene añadir que, aunque nada de lo que se relata a continuación es del todo imposible, tampoco nadie ha aportado pruebas medianamente sólidas en el transcurso de setenta años).

Kilian denuncia el tráfico de los mineros clandestinos ante sus superiores (¿Era cierto? ¿O solo lo parecía?) y cae enfermo. Está convencido de que lo han envenenado con una droga bereber, el *bor-bor*, y ve ahí la mano de sus enemigos, pagados desde el extranjero para hacerlo callar. Pero sale adelante. Tras alertar al círculo de gente relevante que conoce, vuelve a París en 1945. Una vez olvidada la mina clandestina, se dedica de lleno a su principal cruzada, que se titula «Los terrenos que posee Francia rebosan de petróleo y las potencias extranjeras conspiran para apoderarse de ellos». Con sus estudios geológicos como prueba, Kilian comienza una campaña de acoso dirigida a diversas personalidades y que no abandonará hasta su muerte. Inunda los buzones de ministros y políticos con cartas que firma como «explorador soberano», de memorandos, de expedientes, de solicitudes de audiencia… Escribe incluso al general De Gaulle, que se abstendrá de responderle, tan manipulado como está por el *lobby* anglo-americano. La atención, indulgente durante un tiempo, del general Leclerc o del académico Daniel-Rops incrementará la energía del cruzado. Pero cuanto más asedia los despachos ministeriales con su maletín lleno de extravagancias, más lo rechazan y su estado general más se deteriora. Lo que lo lleva a una nueva amenaza: los ingleses han decidido enmudecerlo para siempre y, de la noche a la mañana, empiezan a perseguirlo los agentes del Servicio de Inteligencia y de la Standard Oil. De hecho, el accidente donde muere el general Leclerc, ¿no es un asesinato encubierto? Kilian aguarda a los espías por la noche, no duerme, se pasa los días esquivándolos, se abandona y comienza a parecer un indigente, algo que alarma a los pocos amigos fieles que le quedan.

El 30 de abril de 1950, el conquistador del Sahara tricolor aparece muerto en la habitación del hotel grenoblés donde ha encontrado refugio, rodeado de sus recuerdos, de su estandarte, sus albornoces bereberes y sus informes científicos. El que había conseguido escapar veinte veces de la parca en los áridos desiertos se ha colgado de la falleba de la ventana. Por supuesto, sus allegados ponen el grito en el cielo ante la simulación de suicidio, Kilian molestaba a demasiada gente, etc., y algunos periodistas dan cuenta y razón de estas sospechas. Sin embargo, en retrospectiva, parece que, al igual que los franceses no lo necesitaron a él para explotar el petróleo sahariano, él tampoco necesitó a ningún agente secreto para poner fin a una existencia tan disparatada.

Cuando eres etnólogo y arqueólogo, cuentas con campos de estudio suficientes como para ejercer tus talentos en los trópicos, tal vez tristes pero cálidos, o bien en alguna isla más llevadera, incluso en países salvajes pero civilizados o en la misma puerta de tu casa, salvo si tienes alma de aventurero y te encantan las complicaciones. José Emperaire eligió el culo del mundo, el lugar más deprimente del planeta, al sur del sur de América del Sur, una de esas regiones del cabo de Hornos solo frecuentada por pingüinos y patrones de barco temerarios en busca de subidones de adrenalina a un elevado precio la hora: el sur de la Patagonia, también llamado «Tierra del Fuego» aunque por allí, de fuego, andan más bien escasos, ya que el problema es mantenerlo encendido. En resumen, un paisaje magnífico que no se ve por culpa de las borrascas, la lluvia y las tempestades más o menos permanentes; un lugar con un viento inclemente y unas olas de calor en verano que llegan a los ocho o diez grados centígrados como máximo; unas tierras donde solo viven unas plantas tan acostumbradas a la hostilidad del clima que son todas invasivas y unos cuantos animales neurasténicos.

Eso en cuanto a la región. Ahora vamos a hablar de los habitantes. Porque allí hubo habitantes.

Esta región desoladora solo ha estado poblada por dos tribus de indígenas desdichados, sin duda porque los demás lugares estaban ya ocupados o porque a ellos no los quisieron en ninguna otra parte: los yaganes y los alacalufes. Cuando los descubrieron, los consideraron el grupo humano que se había acomodado a las condiciones más hostiles del planeta, pero sin la clase de los esquimales, que tienen esos iglúes tan bonitos y esos perros tan monos que tiran de elegantes trineos. En los fuéguidos no encontramos nada de eso, sino pobreza total, cultura arcaica, supervivencia miserable a base de pesca y recolección, algo de canibalismo en los periodos de penuria, completa desnudez la mayor parte del tiempo en un clima espantoso con temperaturas nunca superiores a los diez grados centígrados y, como únicos bienes, los objetos que saben construir, una especie de canoas de madera tallada. Aparte de eso, desconocen todas las herramientas, la agricultura, la ganadería, la artesanía, es decir, apenas neolíticos. Esto es lo que pensó Darwin cuando, a bordo del *Beagle*, se aproximó a una de estas tribus en 1831: «El asombro que sentí al ver por primera vez a un grupo de fuéguidos en una costa salvaje y accidentada no lo olvidaré jamás, pues enseguida me vino a la mente esta reflexión: así eran nuestros antepasados. Esos hombres estaban completamente desnudos y embadurnados de pintura, sus largas cabelleras colgaban enredadas, la boca les babeaba por el nerviosismo y su expresión era salvaje, atemorizada y desafiante. No poseían casi ningún arte y, como los animales salvajes, vivían de lo que lograban atrapar; carecían de gobierno y eran despiadados con cualquiera que no perteneciera a su pequeña tribu»[9].

Pero cuando José Emperaire desembarca en la Patagonia, ese problema ya no existe, porque los yaganes han desaparecido por culpa de los ataques violentos de las bacterias y de la cultura de una civilización que decía ayudarlos. En 1947, cuando el joven etnólogo surca ese rincón en velero, aún quedan algunos alacalufes, los suficientes para que el visitante, por razones que sobrepasan el entendimiento de un científico honrado, decida convertirlos en el objeto de su investigación. Al menos así estaba seguro de que no tendría muchos competidores. De forma paralela, dirige varias campañas de excavaciones en Brasil para poder torrarse al sol y comprar antidepresivos, pero, entre un viaje a Francia y otro, lo que prefiere es volver con los alacalufes, sus sujetos preferidos. Sobre todo porque le interesa darse prisa: cuando vas a entrevistar a un pueblo en vías de desaparición, si tardas más de la cuenta en sacar el magnetófono, te quedas sin gente. De manera que chapotea de isla en isla en busca de los últimos supervivientes para observar su vida cotidiana y, sobre todo, para fijarse en las mujeres alacalufes, que desmenuzan témpanos de hielo en traje de noche. Pero como enseguida se empapa de todos sus hábitos y costumbres, decide investigar los rastros de su pasado y no le asusta, gracias a una moral férrea, excavar bajo la lluvia. Así, este etnólogo imitador

---

[9] Charles Darwin, *El origen del hombre y la selección en relación al sexo* (1871), Madrid, Los Libros de la Catarata, 2019.

de Bob Esponja comenzará a realizar trabajos arqueológicos en el desmigajamiento de islas que constituye la Patagonia chilena para ver si por casualidad los alacalufes tuvieron ancestros. Los informes de las excavaciones fueron fáciles de redactar:

Estrato 1: nada

Estrato 2: nada

Pese a todo, en 1957, a fuerza de escarbar en el lodo, acaba por encontrar algo en una isla llamada Riesco: unas grandes puntas foliáceas. Este bonito nombre designa unos trozos de piedra que servían de punta de lanza. Trabajados en roca volcánica con tremenda minuciosidad —de todos modos tampoco tenían nada mejor que hacer—, los cuchillos neolíticos que Emperaire saca a la luz son mucho más largos que otros ejemplos del mismo tipo, y parecen mucho mejor terminados que las chapuzas de los fuéguidos contemporáneos. Aquellos antepasados no habían inventado todavía el microondas, pero algo es algo. Su datación sitúa el nivel más antiguo 7000 años a. C. y demuestra que los autóctonos viven desde entonces a pelo bajo la lluvia. Este descubrimiento marcará el inicio de las investigaciones sobre la prehistoria patagónica. Pero también el fin de las investigaciones de Emperaire.

Porque aunque no se suicidara al percatarse un buen día de la vertiginosa monotonía de su labor, el mercenario de la ciencia podría haber sido víctima del mal humor crónico de sus sujetos de estudio. Hartos de vivir en unas condiciones de mierda, de verse insultados desde Darwin en adelante y de encontrarse en vías de desaparición, los últimos alacalufes, que encima ahora tienen que aguantar a unos curiosos con gafas que se dedican a examinarles los pelos de la nariz, habrían podido desarrollar unas ganas terribles de vengarse de una vez por todas del hombre blanco zampándose a un intelectual francés para variar su menú de pescado congelado. Sin embargo, no es la etnología lo que provoca la muerte del investigador, sino un absurdo problemilla de obras públicas, sección de excavaciones.

En diciembre de 1958, el arqueólogo se encuentra con su familia en el sitio de Ponsonby, y tras considerar que no ha llegado lo bastante profundo en su excavación, decide seguir cavando a solas en el fondo de su prometedora zanja (en busca de puntas foliáceas, porque allí no había otra cosa). ¿Un fallo de apuntalamiento? ¿Un chaparrón más torrencial de lo normal? El caso es que, mientras está ocupado ahí abajo, las paredes de la fosa se le caen encima. Al ver que no vuelve, su mujer y sus compañeros acuden corriendo para sacarlo, pero es demasiado tarde. El mundo científico chileno le brindará un sincero homenaje al fundador de la prehistoria patagónica pero, curiosamente, los etnólogos locales preferirán irse a Francia a estudiar la práctica de la danza *country* en las reuniones festivas de las agricultoras de la región de la Brie champañesa.

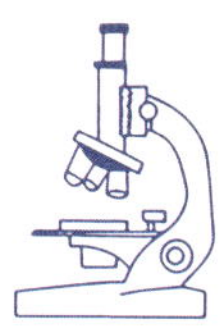

KATIA Y MAURICE KRAFFT, LOVE ESCORIA

1991

Desde el principio, el idilio de Katia y Maurice Krafft huele a chamusquina. Resulta raro que una pareja esté tan de acuerdo en algo hasta semejante punto de fusión. Cuando eran estudiantes descubrieron que compartían el mismo amor por los desbordamientos de magma hacia la superficie de la Tierra, y desde entonces no volvieron a separarse hasta la muerte. Decir que los volcanes llenaban su vida es una imagen poco precisa; ellos nacieron espiritualmente en un cráter, la lava corría por sus venas y tomaban metamórfico en todas las comidas. Desde pequeño, Maurice solo tuvo un ídolo, Haroun Tazieff, papa indiscutible de los volcanes convertido más tarde en niño bonito de la divulgación científica francesa gracias a sus películas y a sus programas de la tele donde no se cansaba de ser protagonista. Con tenacidad, el joven Krafft consiguió formar parte de su equipo en 1966.

¿Se dice «volcanólogo» o «vulcanólogo»? Haroun Tazieff insistía en «vol». Maurice Krafft, treinta y dos años más joven, prefería «vul». Pero esta microdivergencia ocultaba varias incompatibilidades más profundas. La principal era que Tazieff, futuro ministro efímero, les tenía una elevada consideración a la autoridad científica y a los altos cargos del sistema de investigación (así como a sus subvenciones), mientras que el joven investigador estaba dispuesto a utilizar todos los cartuchos de magma necesarios para satisfacer su pasión. A causa de varias rencillas, Krafft abandona dos años más tarde al áspero y pendenciero belga (Tazieff no será francés hasta 1971) para desplegar sus propias alas ignífugas.

Se casa con Katia en 1970 y desde entonces el fervor común se convierte en una pasión constante: ignoran a los laboratorios y al sector universitario, llaman a todas las puertas, mendigan apoyos y reúnen unos pocos recursos para financiar el material necesario y poder pagarse los viajes. Con este ímpetu para desarrollar su especialidad, el ascenso a la fama volcanológica se produce con mucha rapidez. Se suceden los documentales, las fotos, los libros y las conferencias. Su nombre comienza a sonar y, en los años ochenta, su repercusión acaba por tocarle las botas de montaña a la estrella que arrastra las erres y que no soporta la agitación rival. Haroun decide lanzar varias observaciones acerbas sobre la falta de seriedad de la pareja. Les reprocha que asuman riesgos irreflexivos llevados por su afán de protagonismo, que, por otra parte, tiene el inconveniente de competir con sus propias producciones.

Sin embargo, es precisamente en el campo de la prevención de riesgos relacionados con los volcanes donde Katia destacará y será la más activa, hasta el punto de recibir financiación de la Unesco. Aunque sus recomendaciones son para los demás. El principio práctico que ella comparte con su marido es más bien el de «Más cerca, siempre más cerca».

Porque el amor de la pareja por la aventura incandescente no disminuye con la edad ni con la fama. Juntos, recorren el mundo para surfear sobre la lava, brincar entre las bombas volcánicas y deslizarse por la intimidad de las erupciones más peligrosas en todas sus formas, un poco por investigación y un poco por audiencia. Así, hacia finales de los años ochenta, deciden interesarse por las coladas piroclásticas con la intención de acercarse lo máximo posible a ellas para grabarlas. En 1990, ya obsesionado con este tema, Maurice escribe en *Geo* un artículo sobre estas manifestaciones eruptivas particulares y su extrema peligrosidad.

Una colada piroclástica, comúnmente llamada «nube ardiente», es un fenómeno que acompaña generalmente a las erupciones denominadas «peleanas», que toman su nombre del monte Pelée en Martinica, cuya explosión causó veintinueve mil muertos en 1902. En este tipo de volcanes, la lava extremadamente viscosa, incluso sólida, se acumula en el cráter y forma un gigantesco tapón que retiene el empuje proveniente del fondo. Cuando la presión es demasiado fuerte, el volcán no entra en erupción, sino que explota. Con un estallido apocalíptico, una parte de la energía expulsada sube en línea recta hacia la estratosfera y otra desciende por las laderas. Lo que cae no es lava líquida, sino una mezcla de gas a alta temperatura, cenizas y rocas que desciende a una velocidad de entre cien y trescientos kilómetros por hora. Salvando las distancias, su acción es comparable a la de una bomba atómica, sin contar las radiaciones: primero, una onda expansiva que pulveriza cualquier obstáculo que se encuentre; y después, una onda de calor que carboniza al instante cualquier materia combustible, plantas, animales y hombres, a una temperatura estimada de entre quinientos y mil grados.

El monte Unzen, en Japón, colmará las expectativas de la ardiente pareja. Este volcán, precisamente de tipo peleano, muestra todas las señales de una erupción inminente. Como la colada piroclástica participará en la fiesta, los Krafft vuelan a la isla de Kyushu, donde llegan el 26 de mayo de 1991. Para aproximarse a un fenómeno tan peligroso, basta con pronosticar su trayectoria con la mayor precisión posible. Los gases eruptivos obedecen a la gravedad y siguen el relieve para dirigirse hacia los puntos más bajos. Con la experiencia adquirida, los Krafft enseguida localizan el pasaje por donde los gases descenderán y deciden instalarse a quinientos metros de su parte inferior.

No son los únicos. Allí está también un volcanólogo americano, Harry Glicken, y una multitud de periodistas. Como el monte Unzen ya había dado que hablar dos siglos antes con quince mil muertos a sus espaldas, hay un volcanólogo japonés, Kazuya Ohta, encargado de monitorizar al monstruo. En cuanto su diablillo travieso manifiesta deseos de despertar, ordena la evacuación de la zona y prohíbe el paso a todo el mundo, incluidos los periodistas. Pero no cuenta con el apoyo de la policía y sus prohibiciones solo sirven para incitar el acceso. Aunque el alcalde de la localidad vecina ha seguido al pie de la letra sus consignas y ha evacuado a los habitantes de la zona, el profesor no tiene capacidad para obligar a los periodistas a alejarse, y menos aún a sus colegas de campo. Según él, la zona por donde se ha esparcido toda esa muchedumbre para obtener el mayor rédito posible del inminente espectáculo es un lugar arriesgadamente expuesto, pero los cazadores de exclusivas humeantes han llegado a la conclusión opuesta movidos por la competitividad que reina entre ellos: si unos especialistas tan célebres como el señor y la señora Krafft estiman que ese lugar es seguro hasta el punto de haberse instalado en él, no será para tanto. Además, sus jefes no les perdonarían unas imágenes más lejanas que las de sus competidores.

Sin embargo, nadie conocía los riesgos de la situación mejor que los Krafft. ¿Acaso un año antes, en su famoso artículo de *Geo*, el propio Maurice no había escrito: «De "vulcanófagos" bulímicos de vómitos incandescentes y ríos de fuego hemos pasado a ser, sin darnos cuenta, vulcanólogos responsables, conscientes de los riesgos que los fenómenos eruptivos hacen correr a los hombres»? Los dos volcanólogos colocan su equipo a cierta distancia de la prensa; el colega nipón, sin duda impresionado por la fama mundial que ostentan, los considera más duchos que él para evaluar el peligro y silencia su opinión. La pareja quiere tomar las imágenes más impactantes de una nube ardiente aun a riesgo de abandonar por unos instantes su disfraz de científicos comedidos; al fin y al cabo, estos tortolitos vestidos con kevlar aluminizado ya han visto otras flatulencias de la Tierra.

La colada piroclástica no decepciona a sus fans. Irrumpe el 3 de junio a las cuatro de la tarde: después de unas fuertes sacudidas sísmicas, el domo principal del monte Unzen explota y la nube se extiende. Es tan enorme como se pudiera desear, tal vez mayor. ¿Las estimaciones de los dos volcanólogos se vieron distorsionadas por parámetros inesperados? ¿El magma, hasta la coronilla de que esos dos insolentes lo molestaran, redobló su energía? ¿O simplemente sobrepasaron el límite del riesgo fatal en plena insensatez como dos adolescentes listillos y fanfarrones? El caso es que en el momento en que toman conciencia de que la nube, más extensa, violenta y rápida de lo que habían previsto, los va a engullir, saben que cualquier intento de escapar es vano, mientras que los periodistas sí tratan de huir. Encontrarán sus cuerpos entre las cenizas junto a los de otras cuarenta y una víctimas.

Como es lógico, su muerte no pasa desapercibida y los sollozos de todos los medios de comunicación se desharán en un romanticismo humeante del estilo: «Han muerto en la apoteosis de su pasión, como ellos deseaban». Pero el gremio, detrás de las lágrimas de cocodrilo, cuchichea sobre el precio de un comportamiento aventurero poco respaldado por datos científicos.

En el duelo entre la u y la o, ganó Tazieff: la Academia francesa recomienda el empleo de «volcanología», que ha acabado imponiéndose. A propósito de los Krafft, el viejo gruñón escribió: «Un buen aventurero muere en su cama». En todo caso, eso es lo que él hizo en 1998.

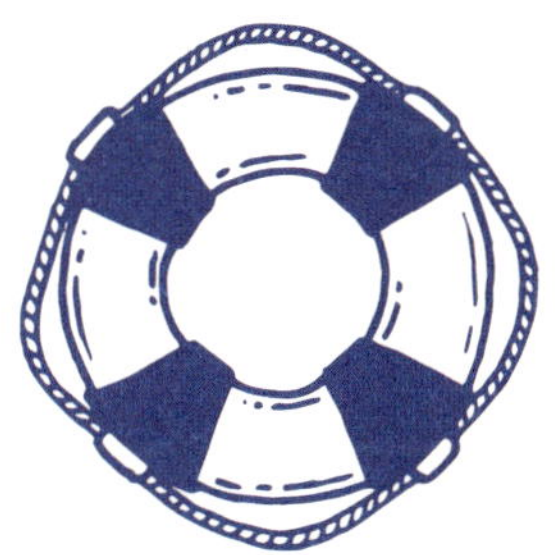

Sobre odiseas malogradas, los enamorados del mar tienen mil historias que contar, es casi una inclinación. Los aficionados a las aventuras en alta mar son tan numerosos en los países ricos como las cuentas bancarias capaces de financiar un barco, y el mar, siempre adorado por el hombre libre, sigue haciendo soñar al trabajador del sector terciario. Resultado: las escapadas marinas están más en boga que nunca y siempre van acompañadas de una proporción injustificable de catástrofes en función de la fortuna de los marineros y de los barcos, en ambos sentidos de la palabra. Unas catástrofes que, desde lejos, son muy similares. En el mar, los fracasos más insólitos hay que buscarlos en las aguas menos frecuentadas.

SOBRE BISSCHOP Y LOS BARCOS DE CERILLAS

1958

En la galería de los aventureros cenizos, categoría mediterránea, el francés Éric de Bisschop se lleva la palma. Porque no es que tenga uno o dos fiascos en su historial, es que su vida entera está llena de pifias inherentes a su sed insaciable de correrías náuticas. Y, además, sus fracasos son del tipo más cruel: precisamente aquellos que se quedan a las puertas del triunfo, las casi victorias, los pseudo éxitos. Desde la adolescencia, lo atrapa el ansia de aventura, el gusanillo marítimo, tiene hileras de pulgas de mar en el bañador, pero tal vez su infancia en el Paso de Calais y el pequeño negocio jabonero de su padre sean los causantes definitivos de su huida. Después de ser grumete, estudiante de Hidrografía y oficial en los Dardanelos, pone fin a la Primera Guerra Mundial estrellándose en un hidroavión. Lo volvemos a encontrar en China diez años más tarde, mientras se construye un junco con lo que encuentra por ahí, en compañía de otro francés, para navegar por el mar de la China. El junco desciende el Yangtsé, pero en cuanto llega al mar encalla en los arrecifes. Los dos cómplices construyen una segunda embarcación. Esta vez no son las rocas las que los detienen, sino los japoneses, que los enchironan por espionaje. Nada más salir de la cárcel, recuperan el junco y alzan las velas hacia Hawái, donde encallan en octubre de 1935, casi muertos de hambre y de agotamiento, en una isla de leprosos. Se recuperan, pasan de una isla a otra y su segundo junco se desintegra en la tormenta. Escapan vivos por los pelos.

En Hawái, el dinero de los jabones de papá le permite a Éric emprender otro proyecto: construye una doble piragua para alta mar, como las de los hawaianos de siglos anteriores, bautizada con el nombre de *Kaimiloa*, con la que se propone llegar hasta Europa a través del océano Índico. Esta vez lo consigue. Bueno, casi. Después de un año de contratiempos y calamidades, de daños y reparaciones, pasa el cabo de Buena Esperanza e impulsa su cáscara de nuez hasta Cannes, donde fondea en 1938 haciendo gala de sus verdaderas cualidades de navegante. Entonces construye un nuevo barco, pero la guerra lo vuelve a atrapar. En plena desbandada, prefiere interponer el Pacífico entre los panzer y su cuerpo, lo que no le impide apoyar al mariscal: como sus opiniones políticas eran tan arcaicas como sus barcos, se compromete con el lado incorrecto (¿no decían que Pétain fue su padrino?). Pese a la pérdida de su nueva carraca en una tormenta en Canarias, llega a Honolulú y lo nombran Cónsul honorario del régimen de Vichy. Después del conflicto, apenas recuperado de su decepción mariscalesca y de varios contratiempos ocasionados por su funesta elección, transita por la Polinesia francesa en 1947, donde consigue un puesto más apacible como agente del catastro. Pero es entonces cuando lo aborda el peor de sus demonios.

Ya en los años treinta se pensaba que la Polinesia había sido poblada por grupos humanos provenientes del oeste, de Asia, que se habrían desplazado con embarcaciones primitivas. El noruego Thor Heyerdahl consideraba, por el contrario, que los archipiélagos oceánicos habían sido poblados por habitantes del este, de América del Sur, que habían llegado en ese mismo tipo de embarcaciones. Para probar que su teoría era plausible, construyó una balsa en las costas peruanas, con los utensilios y materiales disponibles en la zona durante el Neolítico, para viajar exactamente en las mismas condiciones que habrían tenido los hombres prehistóricos. En 1947, la epopeya de aquella balsa de lianas y trozos de madera, la *Kon-Tiki*, que navegó por el Pacífico hasta las islas Tuamotu con otros cinco tripulantes, tuvo un enorme éxito popular que le propició fama mundial a Heyerdahl y generó una gran afición. Después de aquello, muchos etnólogos marinos en ciernes comenzaron a construir churros flotantes criptoarcaicos de bambú, de paja, de papiro, de palma… La mayoría solo aspiraba a atravesar el lago del Bosque de Boulogne, pero algunos llevaron su demostración más lejos aún que el escandinavo xilófilo. Y Éric de Bisschop, por su parte, estaba rabioso.

Las construcciones ancestrales, los aparejos antiguos, la navegación audaz sin mapas ni instrumentos… todo eso ya lo había hecho Éric de Bisschop antes que aquel rubiales, ¡y encima, el enorme éxito público que cosecha el guaperas con su banda de aficionados que no han pisado un barco en su vida[10] avalaba

---

[10] Y tenía razón: Heyerdahl no quería que atribuyeran su eventual éxito a las capacidades marineras de la tripulación.

una teoría absolutamente falsa! ¡No fueron los indígenas flautistas y sus llamas quienes conquistaron la Polinesia, sino los polinesios, los que con sus embarcaciones fueron capaces de navegar por todas partes, de llegar a las costas sudamericanas y de volver después! ¡Y él, Éric de Bisschop, lo iba a demostrar de inmediato realizando la misma proeza pero en sentido contrario!

La cólera por el triunfo planetario de Heyerdahl, duplicada por los celos, es un buen estimulante. En las mismas condiciones que el noruego, De Bisschop comienza a construir en Tahití una balsa de bambú con fibras vegetales trenzadas. Pero el tiempo pasa y, en noviembre de 1956, cuando por fin está listo para partir, ya no es tan joven, tiene 65 años. Tras la celebración de una gran fiesta con collares de flores y coros tahitianos, embarca junto con otros cuatro hombres, tres gatos y un lechón llamado Panchita en la *Tahiti-Nui*, una balsa que apenas se puede dirigir, con una zona cubierta protegida del agua y una radio, como llevaba Heyerdahl. Y funciona. El viento cómplice los empuja hacia el este, comunican su avance y pasan el tiempo jugando a los científicos y observando con una atención escrupulosa los pececillos y las nubes. Pero la marcha es lentísima. Cuando llega el mes de febrero, los ánimos no son los mejores. La balsa se desmorona, los crucigramas se han agotado y, peor aún, los víveres empiezan a escasear. No hace falta echarlo a suertes para saber a quién se van a comer: Panchita tiene todas las papeletas, incluso ha engordado desde que zarparon. Pero el cocinero, un hombre sentimental, se opone en redondo; este será el conflicto más espinoso de la expedición. No se sabrá jamás cuánto tiempo habría podido resistir el chef, porque tras siete meses de travesía, una tormenta los pone a todos de acuerdo. Las olas empiezan a desbaratar el esquife de ramitas, el viejo capitán de barcos de cartón se resigna, da su brazo a torcer y hace lo que los polinesios prehistóricos no habrían hecho jamás: llamar por radio al servicio de emergencia de la armada chilena. El remolcador Baquedano los recoge a setecientos cincuenta kilómetros de la costa y salva a los cinco hombres, a los gatos y al cerdo. El intento ha fracasado al ochenta por ciento, pero la hazaña sigue siendo espectacular y Chile recibe a la tripulación de manera triunfal, aunque no sabemos cuál será el destino exacto del cerdo.

A todo esto, es el gobierno chileno quien aviva la obsesión de nuestro cabezota. Porque si el viejo casi ha demostrado lo contrario de lo que afirma Heyerdahl, ahora pretende probar que los polinesios eran capaces de hacer ida y vuelta, ¡y decide emprender el viaje a la inversa con la misma balsa! Y las autoridades le ofrecen su ayuda.

Con el apoyo de los chilenos, construye una embarcación casi idéntica, la *Tahiti-Nui II*, solo que sustituye el bambú por ciprés, y vuelve a partir en 1958 con una tripulación diferente. Al igual que su predecesor, bordea la costa hasta Callao, en Perú, para aprovechar los vientos favorables y desde allí navegar con rumbo a las islas Marquesas. Y entonces comienza el infierno: el ciprés aguanta menos en el mar que el bambú, se empapa, la balsa absorbe agua y, tras cuatro meses de chapoteo insoportable, a ciento cincuenta kilómetros de las Marquesas, la tripulación, que está de agua hasta las rodillas, admite lo evidente: la balsa se hunde. Se hunde despacito, pero se hunde. Desde allí es imposible contactar con nadie por radio. Y, para colmo de males, ¡el capitán está enfermo! Ante la situación desesperada, la tripulación decide construir una balsa con trozos de balsa para evacuar la balsa. Embarcan al enfermo en la nueva plancha flotante. Empujados por vientos contrarios, no logran alcanzar las Marquesas y, más de dos meses después, a finales de agosto, llegan en un estado lamentable a un atolón de las islas Cook e intentan atracar. La balsa bis revienta contra los arrecifes que rodean el islote y el viejo capitán no sobrevive. Los demás salen vivos de milagro y son atendidos por los insulares.

Esta vida de giras marítimas agitadas y de fracasos casi continuos termina con una paradoja: en el duelo final, el vencedor estaba equivocado. A pesar de su éxito, la teoría de Heyerdahl del poblamiento oceánico quedó refutada por otras investigaciones científicas posteriores. El perdedor tenía razón: los polinesios pudieron llegar, en efecto, a alcanzar el continente. Pero todo esto al público se la sopla: fueron el noruego y su *Kon-Tiki* quienes le hicieron soñar, quienes le hicieron tocar las nubes y quienes permanecieron en su memoria[11]. De Éric de Bisschop solo queda una tumba de arenisca, no de bambú, y una conmemoración decenal en Tahití, su tierra de adopción, que por otro lado no tiene muchos héroes a quienes alabar.

[11] Y reconozcamos que la calidad literaria del relato de Heyerdahl tiene mucho que ver en eso.

LOS *LOSERS* DEL *TITANIC*

1985

Suponiendo que les diera tiempo a pensar cualquier cosa el 14 de abril de 1912, los desdichados pasajeros del *Titanic* que vieron naufragar esa enorme máquina garantizada como insumergible por los meapilas de la época no podían ni imaginarse el iceberg de oro macizo que su lamentable historia iba a generar unas ocho décadas después. La titanicmanía, sin duda, vino desatada por el triunfo mundial de la película de James Cameron, aunque el retorno de este pobre barco a los proyectores había comenzado doce años antes, por iniciativa de un tal Robert Ballard.

A este profesor de Geología Marina, director del Laboratorio de Buceo Profundo del célebre Instituto Oceanográfico Woods Hole de Massachusetts, se le metió en la cabeza encontrar los restos del transatlántico que yacía a unos cuatro mil metros de profundidad en el Atlántico Norte. Desde el punto de vista geológico tal vez no tuviera mucho interés, pero Ballard presentía que, por parte del público en general, la repercusión mediática y financiera podía resultar prometedora en un país donde la investigación depende de la buena voluntad de los mecenas privados, al tiempo que la buena voluntad de los mecenas privados depende a su vez de las repercusiones mediáticas y financieras prometedoras. La investigación del hundimiento del *Titanic* presentaba, en efecto, todas las ventajas de un éxito anunciado: el drama histórico, la proeza técnica, el toque de aventura y hasta el broche final de un tesoro: ¿no decían que en el pecio se encontraba una edición del *Rubaiyat* de Omar Jayam con mil piedras preciosas engastadas en la encuadernación? Ballard no era el primero en lanzarse allí dentro, pero para una expedición como esa era necesario tener las espaldas cubiertas, tanto financiera como técnicamente.

La idea también era testar los nuevos sistemas de grabación de imágenes robotizados y submarinos para las inmersiones a gran profundidad. Gracias a eso y a ciertas relaciones entabladas previamente, Ballard consiguió despertar el interés de los franceses del IFREMER (el Instituto Francés de Investigación para la Explotación del Mar), de manera que la expedición organizada en 1985 fue finalmente francoamericana.

En concreto, estaba previsto que se desarrollara en dos partes: un barco francés exploraría lo que pudiera en una zona de investigación establecida en común; en caso de no tener éxito, un barco americano lo relevaría. Ballard y su homólogo del IFREMER, Jean-Louis Michel, dirigirían juntos las operaciones a bordo del primer barco y después a bordo del segundo. En caso de éxito, se repartirían al cincuenta por ciento los beneficios de la repercusión mediática, aunque ambos sospechaban en silencio que el barco que lograra el descubrimiento recibiría más prestigio y, a mayor repercusión, más beneficios. Todo esto, sin imaginar ni de lejos las consecuencias gloriosas que inundarían al descubridor cuando la película de 1997 se convirtiera en el más increíble taquillazo mundial de la historia del cine. Pero en una semicompetición con los americanos, nuestros francesitos no tenían la más mínima oportunidad, porque Dios no está jamás *on our side*, esta es la prueba.

Así pues, el barco francés *Le Suroît* comenzó a explorar una zona determinada con el máximo de precisión según las investigaciones históricas y marítimas previas de ambos institutos. Se propuso barrer un sector más o menos cuadrado de una quincena de kilómetros de lado mediante un trineo submarino remolcado y dotado de sonares y cámaras. Abordó el cuadrilátero por el ángulo este, de la forma más metódica posible aunque esto no es tan fácil como colorear. El viento, las tormentas, las corrientes y las dificultades de maniobra con un cable de cinco mil metros pegado al culo hicieron que *Le Suroît* no empezara exactamente por la punta del ángulo y dejó atrás desde el inicio una porción minúscula de la zona de búsqueda. Continuó navegando durante dos semanas entre chaparrones y temporales, los investigadores cubrieron en vano el setenta por ciento de la zona y, desanimados y amargados, tuvieron que pasar el relevo a los americanos. Como habrán adivinado, era en la minúscula porción de zona obviada al principio donde se encontraba el pecio del *Titanic*. Mientras exploraba un sector del este que abarcaba parte de la zona inicial, el navío oceanográfico americano descubrió el pecio seis días después de iniciar la búsqueda. ¡Con solo una pizca de corriente favorable y varias horas de calma en la tormenta los franceses habrían comenzado por el lugar previsto y habrían dado con el premio gordo durante los primeros días de rastreo!

Con la traducción a todas las lenguas del libro profusamente ilustrado que narra la expedición y con los documentales realizados durante la exploración submarina del pecio, Ballard se convirtió en una estrella planetaria[12]. Su relato inspiró en gran medida al equipo que trabajó en la creación de la película unos años después. El éxito de taquilla, que incidía en los detalles del naufragio, impulsó el entusiasmo de las masas hasta un punto rara vez alcanzado. A partir de entonces se comenzó a hablar del *Titanic* en todos los países, en todas las casas, estaba hasta en la sopa, sus restos recibían más visitas que el Taj Mahal en hora punta, eran más codiciados que una mina de oro, cada trocito de herrumbre llevado a la superficie valía una fortuna.

Y todas las noches, mientras las 1522 víctimas del naufragio se elevaban un poco más en el podio de la inmortalidad, el francesito Jean-Louis Michel, de quien nadie hablaba jamás, sollozaba en su cama.

---

[12] Este éxito le sirvió como trampolín para especializarse en la exploración de pecios legendarios: el *Bismarck*, el *Lusitania*, el *Andrea Doria*…

Si hay una aventura que aún recibe el fervor del público es la de los grandes veleros que participan en competiciones mundialmente célebres: Fastnet, Whitbread, Trofeo Julio Verne, Ruta del Ron, Vendée Globe, el tour de mi piscina… y todo ello pese a que la mayoría de estas carreras ahora parecen más una refriega financiero-industrial que un combate de lobos de mar arrugados por el relente. Por su precio astronómico, estas naves están condenadas a ser barcos-pantalla publicitarios para grandes marcas de todo tipo, las únicas que los pueden financiar.

Cada vez más inmensas, cada vez más rápidas, ya sean monocasco o multicasco, estas catedrales tecnológicas atiborradas de electrónica compiten por los resultados, pero su objetivo es llegar al límite y burlarse de las peores condiciones meteorológicas para superar al monstruo de la competencia. Así, las averías, los vuelcos y los rescates a lo grande forman parte del juego, e incluso nos preguntamos si las ediciones con más estragos no son las más atractivas para la gente. Con frecuencia, los rescates acrobáticos de barcos en peligro en plena tormenta constituyen episodios célebres que cautivan al público más que si esos mismos esquifes llegaran a su destino tranquilamente y sin ningún problema. En cualquier caso, en esta rutina de catástrofes, el accidente más temido por los patrones sigue siendo la zozobra. Y cuanto mayor es el barco, más espectaculares son sus efectos, hasta el punto de que los arquitectos navales ahora ya tienen en cuenta la estabilidad del navío y el comportamiento de la cabina… bocabajo. Pero incluso así, la suerte de la tripulación es una lotería. Al principio de esta subasta, en un velero de tamaño moderado, el francés Thierry Dubois batió una especie de récord en la materia, dado que sufrió el vuelco de su barco cinco veces seguidas en la misma carrera y salió indemne, aunque de milagro.

Este joven de veintisiete años, apasionado de la navegación, que ya cuenta con varios éxitos en su palmarés, participa en la tercera edición de la Vendée Globe en noviembre de 1996 a bordo de un barco que, para variar, no lleva el nombre de una marca de detergente. *Pour Amnesty International* es un monocasco de veinte metros y, para Thierry Dubois, es la primera regata en solitario. Comienza con mal pie. Desbordante de energía mientras va en cabeza durante las primeras horas, plaf, se choca con un pecio y tiene que volver a puerto para reparar el barco. Sale otra vez, ahora en la cola del pelotón, pero remonta, alcanza a los últimos, y de nuevo plaf: se choca con una ballena enfrente de África. A punto de abandonar ante tan malos augurios, decide llegar a Ciudad del Cabo para reparar el barco y continuar la travesía fuera de competición, puesto que la asistencia en ruta es eliminatoria. Y vuelve a salir. Si en el itinerario del Atlántico Sur las tormentas son la rutina diaria, la que le espera al dar la vuelta tiene visos de superar la media.

Cuando en enero de 1997 el patrón llega a la altura de las islas Kerguelen, unas olas de veinte metros y unos vientos de ciento cincuenta kilómetros por hora juegan con el barco como si fuera una canica en una secadora. El miserable humano, insecto diminuto en ese entorno, ha hecho todo lo que haría un buen profesional: se ha puesto a la capa, ha replegado hasta el último trozo de vela y se ha refugiado en el interior, pero nada de eso es suficiente. Una atrevida ola rompiente alcanza al velero por detrás y le da la vuelta como a un flan. El marinero, del revés, en medio de todos sus aparejos dispersos por el techo, apenas tiene tiempo de calmarse y de verificar que no entra agua en la cabina por ninguna parte cuando se reestablece del revolcón. Lo que una ola rompiente hace, otra ola rompiente lo deshace y un «contra-vuelco» lo pone otra vez bocarriba. Cuando constata que sus pies —y todo el contenido de sus armarios— vuelven a pisar el suelo, se asoma a la cubierta para considerar los daños. Por supuesto, la inmensa arboladura está reventada, pero el armazón no se ha dañado; dentro, los transmisores de radio se han mojado y no le queda más que una radiobaliza de emergencia. Duda en llamar a la caballería pesada, puede que el mar se calme y que él consiga montar una vela improvisada. Así que decide esperar un poco encerrado en la cabina, donde comienza a ordenar el desastre. Pero el mar no se calma. Al contrario. Al cabo de varias horas, el marinero siente que el barco se inclina de un modo muy peligroso y el suelo firme se convierte en techo para las arañas: ha vuelto a volcar. Una vez más, el gimnasta rueda por las paredes, aguanta la respiración mientras ve a los peces pasando por delante de los ojos de buey. Como el barco conserva la quilla, la energía cinética sigue empujándolo y, con el impulso, vuelve a girar ciento ochenta grados. Otra vez del derecho. En esta ocasión, es el timón quien se ha llevado la peor parte y ahora no es posible orientar la nave; ahí está, como un corcho en el agua del fregadero. Más arriba, cae la noche. El marinero la pasa en tensión sobre el catre, eso sí, en el sentido correcto, con el traje de salvamento a modo de almohada. La tormenta aún no ha amainado.

Cuando amanece, una gigantesca tromba de agua resuena como un despertador, cucú, una nueva ola rompiente y recomienza la atracción, ¡otra voltereta! El trapecista a su pesar ya se está acostumbrando y tampoco se preocupa mucho —total, es como darse la vuelta en la cama sin tener que moverse—, pero ¿qué pasa esta vez? Se queda bocabajo y no se vuelve a dar la vuelta. ¿Se ha estropeado el balancín? Sentado en el techo, Dubois espera a que otra ola deshaga el entuerto de la anterior pero, al cabo de tres horas, el barco sigue haciendo el pino y no da señales de cansancio, parece haberse girado para siempre. Agotada la esperanza de algún cambio, hay que pedir socorro. El náufrago decide accionar la baliza de emergencia, pero hay un problema, desde el interior no va a emitir ninguna señal, hay que sacarla de la cabina. Decide salir de su refugio precario, se pone el traje de salvamento y se lanza al caos líquido. Ahí, las calamidades se encadenan: la balsa salvavidas que llevaba se infla de repente y se la lleva el viento, él no es capaz de mantenerse sobre la quilla y las olas tampoco le permiten volver al interior del barco. Está chapoteando en el agua a tres o cuatro grados, aturdido por las olas rompientes y el viento rugiente, aferrado con desesperación al timón roto… Empieza a cansarse y cada sacudida es más dolorosa que la anterior, no podrá resistir mucho más, la situación se vuelve realmente crítica. Y entonces, como en una escena mal escrita por un guionista primerizo, en el momento mismo en que cree que todo está perdido, oye el ruido de un avión. Esto me lo reescribes, Kevin, que el desenlace es demasiado forzado.

Sin embargo, es una especie de milagro. La aeronaval australiana lo ha localizado gracias a la baliza, aunque por casualidad, cuando los pilotos buscaban a otro náufrago en el sector, Tony Bullimore. El avión le lanza dos balsas salvavidas inflables a Dubois. La primera se hunde sin inflarse, la segunda se infla pero se aleja con el viento. Ante este dilema el moribundo toma una decisión vital: se suelta del velero y se va a tomar viento, nunca mejor dicho, a por la morcilla naranja que flota a lo lejos, casi sin fuerzas. Se monta en ella y descubre con estupor que la mitad está rasgada. Media balsa es mejor que no tener balsa, Dubois se resigna y espera a que lo rescaten, arrebujado en la medida de lo posible en su flotador de patito cojo en medio de esas montañas líquidas. Pero una ola avispada y traviesa que pasa por allí todavía tiene humor como para agarrar por la popa al náufrago y a la media morcilla y darles la vuelta para ver qué pasa. Y ya van cuatro. La barca está del revés, su ocupante de nuevo en remojo, medio inconsciente porque una botella de aire comprimido lo ha golpeado en la cara, pero con un último acto reflejo se ha agarrado a un jirón de la balsa. El avión vuelve a pasar, se da cuenta de que la pequeña embarcación también se ha ido a pique y lanza una nueva balsa sin el menor reparo (estos australianos están en todo). Esta sí se infla correctamente, el náufrago consigue por fin subirse a ella. Aunque cuenta con agua y víveres para esperar el rescate, en esa frágil cajita de cerillas de plástico el desdichado tripulante se encuentra mil veces más expuesto a la tormenta que en la ruina de su barco a la deriva. De hecho, apenas comienza a recuperarse y a achicar el agua que se acumula en la balsa, una nueva ola rompiente lo voltea como si fuera un viejo castillo de arena. La quinta. Y ahí está de nuevo nuestro Ulises en el agua con su barco patas arriba. Pero la espera otorga recursos. Mientras se debate en esa vorágine, cada vez más negra por la noche que se desploma, Dubois consigue volver al esquife volcado y aferrarse a él. Con la ayuda del viento, acomete la proeza de darle la vuelta para ponerlo bocarriba y se mete en la cabina como puede: se ha salvado por tercera vez. Después de otras dos noches de espera, una fragata australiana llega a la zona y un helicóptero rescata al hombre-milagro.

Después de este récord, que hasta ahora nadie ha batido, Thierry Dubois abandonó la vela. Ahora tiene una atracción en la Feria del Trono de París: el Tentetieso de la Muerte.

PETER BLAKE, LA CUARTA SEÑAL

2001

En todos los tiempos y en todos los mares, los peores aguafiestas de la aventura siempre han sido los piratas. Más imprevisibles que las tormentas, más implacables que las averías, más dañinos que los accidentes, los piratas han sido una catástrofe permanente para todas las actividades marítimas humanas, con fluctuaciones según las épocas y las regiones, pero siempre florecientes allá donde coincidan la miseria y la avaricia. Si para el marino mercante suponen una pérdida irrecuperable, para el aventurero suelen marcar el final prematuro de su hazaña a la par que su momento más dramático.

Pero cuando atacan a una celebridad mundial que representa una causa ecológica importante en un barco legendario convertido en icono de la exploración, cuando la vanguardia de la aventura técnica, política y deportiva se enfrentan a la manifestación más brutal de una barbarie arcaica, la confrontación es vertiginosa.

En 1997, uno de los navegantes más célebres del mundo, el neozelandés Peter Blake —vencedor de un montón de regatas de las más importantes del mundo y condecorado por la reina de Inglaterra—, abandona la competición para incorporarse a la sociedad del que fuera el explorador más famoso del mundo, Jacques-Yves Cousteau, y asumir el mando del velero más conocido del mundo, el ex-*Antárctica* y ex-*Tara* de Jean-Louis Étienne, rebautizado para la ocasión como *Seamaster*. Y todo este concentrado de prestigio mundial se pone al servicio de la causa más urgente del planeta: la lucha contra el calentamiento global. En el marco de un programa medioambiental de Naciones Unidas, el neozelandés va a llevar su goleta de alta tecnología, provista de una escuadra de científicos, desde la banquisa hasta el bochornoso ecuador sin alejarse demasiado de la luz de los focos, tributo de la fama y garantía de financiación.

Ese mes de diciembre de 2001, el *Seamaster* acaba de concluir un viaje para estudiar las consecuencias de la polución en el río Amazonas, en Brasil. Entre los buscadores de oro clandestinos, los traficantes de droga, los contrabandistas de todo pelaje y los recolectores forestales ilegales, la zona no está exenta de peligro, pero la tripulación, experimentada en la aventura, ha permanecido en guardia durante toda la ruta. Ahora que el barco ha alcanzado la desembocadura del río, al final de su periplo, fondea en el delta, frente a la ciudad de Macapá, a la espera de los trámites aduaneros. La tensión disminuye y los diez ocupantes se relajan un poco.

Pero en la orilla, los pillos de Macapá divisan esta nave inusual anclada a lo lejos que tiene toda la pinta de ser un velero de lujo lleno de turistas gordos y forrados. Hacia las nueve de la tarde, una zódiac con seis hombres encapuchados y armados saltan al abordaje y amenazan a la tripulación.

El lord capitán, que ha afrontado las peores tempestades del mundo y ha evitado la muerte cien veces en los desafíos más severos, no va a dejarse impresionar por un manojo de pandilleros de manglar. En cuanto se percata del ataque, corre a la sala común, agarra un fusil y sale a cubierta. En el tiroteo, alcanza a un asaltante en la mano, pero el fusil se le encasquilla. Los piratas no esperan a que lo repare y uno de ellos desenfunda el arma, se carga al navegante y hiere a dos de sus compañeros. El caballero de los mares muere al instante, víctima de la miserable excursión de estos canallas; tenía cincuenta y tres años.

Los asaltantes, dueños ahora del barco, tienen a su disposición todos los equipos náuticos de alta gama, pero como la mayoría son difíciles de transportar, solo se apoderan de algo de efectivo, un motor fuera borda y varias baratijas, sin olvidar los relojes. Y si los piratas pierden el tiempo desguarneciendo los antebrazos de sus víctimas, sobre todo en una época donde las baratijas chinas adornan un buen número de muñecas en todo el planeta, incluida la mía, es porque están seguros de que son de calidad.

Curiosamente —y yo fui el primer sorprendido—, si tecleamos «Peter Blake *Seamaster*» en Google, las diez primeras entradas no nos llevan a la historia del navegante ni a la del barco, ni siquiera a su trágico final, sino a un reloj. La explicación: cuando entras en la élite de los personajes más famosos del mundo, algunas compañías prestigiosas te piden permiso para utilizar tu nombre y unir así tu prestigio personal al suyo (a los consumidores de lujo les gustan mucho los estuches prestigiosos). Por eso la sociedad suiza de relojes de lujo Omega le pidió al campeón que le cediera su nombre para un modelo vinculado al aventurero de mirada orgullosa que afronta todos los desafíos ante la furia de los elementos: un reloj resistente al agua, indestructible y elegante, aunque la mayor parte de las unidades fabricadas no tendrá mucha oportunidad de salir a pelear. Parece que el destino de los aventureros modernos consiste más bien en pasar por los despachos de las grandes empresas. Peter Blake no tuvo ningún inconveniente en hacerlo, más que nada porque el cheque correspondiente también era de lujo, en un trabajo donde el principal esfuerzo consistía en decir que sí.

El reloj Omega Seamaster Sir Peter Blake's Choice cuesta alrededor de tres mil euros, según la versión, con modelos que llegan hasta los siete mil. Y los adictos a los pelucos se los quitan de las manos. Ignoro si todos los marinos de velero llevarán este tipo de trasto encima, pero siete mil euros por un reloj dan que pensar, sobre todo cuando en aquella época el salario mensual en las favelas era de varias decenas de euros… No solo en las presiones atmosféricas las diferencias de niveles provocan ciclones.

Años más tarde, la goleta ha cambiado otra vez de propietario, pero no de campaña. Sigue navegando por la defensa del medioambiente, una cruzada muy bien llevada en el mundillo de la moda, ya que su nueva propietaria es la diseñadora de las grandes causas, agnès b., que le ha devuelto al barco uno de sus antiguos nombres: *Tara*. Como agnès b. es una marca elegante pero no de lujo, no corremos el riesgo de ver aparecer las bragas «Tara agnès b.» con incrustación de zafiros, algo es algo. En cualquier caso, el crucero ecológico *Tara* navegará con más fuerza durante la próxima década, a la altura de las ambiciones de su difunto capitán. La policía encontró y detuvo a los piratas tres días después de los hechos, unos jóvenes delincuentes de la zona que se hacían llamar «Os ratos d'agua». Si los investigadores no se equivocaron y las confesiones fueron auténticas, los culpables siguen entre rejas a día de hoy. Otro tipo de aventura.

Ahora que no queda nada que explorar ni que descubrir en nuestro viejo planeta, donde el ser humano ha alcanzado la victoria definitiva sobre el animal y sobre la poca naturaleza que aún resta, donde los cruceros Costa atracan en el Polo Norte, donde el Club Med abre un complejo en el Polo Sur y donde los desechos de plástico han sustituido al plancton, la aventura necesita un empujoncito, porque el público, siempre ávido de ella, no deja de reclamar su dosis de emoción. Así, los profesionales de la imagen buscan el riesgo allá donde esté, en las regiones en guerra, por ejemplo, o lo recrean de manera artificial. Varios lerdos memorables nos recuerdan que el peligro surge a veces donde menos te lo esperas.

CÔTE DE NUITS
Meursault
CHABLIS
CÔTE DE NUITS
Meursault

EL VINO PELEÓN DE SCHANBERG

1975

Una vez, un profe de fotografía pálido y canoso me contó, al fondo de un laboratorio de prácticas desierto, una curiosa historia. Cuando era joven, en los años setenta, trabajó en Nom Pen, en una Camboya convulsa que compartía las agonías de la Guerra de Vietnam. Allí conoció a dos americanos corresponsales de guerra, que habían acudido a aquel lugar a respirar el olor de la exclusiva, de la pólvora y de la aventura. Con uno de ellos entabló una relación de amistad promovida por el interés profesional común en la fotografía. Pues bien, durante sus conversaciones, le enseña un truco a su interlocutor americano: el vino blanco de mala calidad sirve como fijador para el papel fotográfico tradicional, el único soporte utilizado en esa época. En efecto, el vino blanco de gama baja contiene mucho hiposulfito de sodio, precisamente el causante del dolor de cabeza cuando bebes demasiado (de ahí el sabio consejo de no emborracharse más que con pouilly-fuissé). Este hiposulfito de sodio, que ahora se llama tiosulfato de sodio, constituye el principio activo del líquido fijador que, durante el positivado de las fotos, permite que se mantenga la imagen en el papel tras pasar por el revelador. El francés le cuenta al americano que lo usa con frecuencia porque es más barato que el fijador industrial. El tiempo pasa, los periodos de preocupaciones y tensiones ponen a prueba los nervios de los dos occidentales y su relación se deteriora hasta el punto de que una noche de juerga llegan a las manos. No se vuelven a ver. Y el francés vuelve a Europa.

Diez años más tarde, en París, ya casi ha olvidado la anécdota cuando un día va al cine a ver la última película de moda, *Los gritos del silencio*, que narra la llegada al poder de los Jemeres rojos en Camboya. Allí, una escena muy particular le aviva los recuerdos y le revela el desenlace inesperado de sus conversaciones con el americano.

En Asia, justo después de que él se marche, los sucesos comienzan a acelerarse. La Guerra de Vietnam, extendida al país vecino, se convierte en un desastre para los americanos, y los comunistas toman la capital camboyana. El examigo del francés, el mismo con el que se peleó años atrás, es uno de los corresponsales americanos que permanecen en la ciudad, entregada a los jemeres rojos. Al final va a hartarse de aventura, más de lo que le gustaría. Se llama Sydney Schanberg y se hará famoso gracias a *Los gritos del silencio*. En la película, al igual que en la realidad, cuando los residentes occidentales se encuentran enclaustrados en la embajada de Francia donde han encontrado refugio, el fotógrafo intenta fabricar unos papeles franceses falsos para su ayudante camboyano, llamado Dith Pran. Sus colegas consiguen falsificar un pasaporte verdadero al que solo le falta la foto. Eso no parece un problema, porque justo es su trabajo: dispone de cámara y carrete, aunque debe improvisar un laboratorio (una peripecia que no se detalla en la película). Es entonces cuando recuerda el truco del franchute y le pregunta al personal de la embajada si tiene vino blanco en el sótano. La delegación francesa tiene una reserva de vino de alta calidad para las comidas diplomáticas; a los huéspedes forzosos les podría faltar cualquier cosa menos vino, no en vano técnicamente están en Francia. Schanberg se pone manos a la obra, consigue revelar la foto y pegarla en el pasaporte. El trágico desenlace, recogido en una escena antológica, corresponde con la realidad: en el delicado momento del control de los Jemeres rojos, la foto se difumina y arrestan al fugitivo. Pero al contrario de lo que se da a entender en la película, esto no ocurre por la mala calidad del papel, sino por el fijador utilizado: ¿acaso el truco del francés era una birria?

En el guion falta la explicación práctica que me dio aquel profesor, protagonista del suceso, a su pesar: el vino blanco del embajador, destinado a los banquetes y recepciones de los huéspedes de Francia, no era peleón. Allí todos eran meursault, chablis y côte de nuits, caldos finos para gaznates privilegiados y, en consecuencia, pobres en hiposulfito de sodio. Cruelmente pobres e incapaces de sustituir a un fijador fotográfico. Me gustaba mucho *Los gritos del silencio*, la había visto muchas veces y allí, al fondo de aquel laboratorio vacío, treinta años después del estreno de la película, tuve el privilegio de recibir uno de esos suplementos inesperados y valiosos que vienen en los cofres de los DVD cuando aparece la edición especial de una película célebre: la metedura de pata de un fotógrafo aventurero que impidió salvar a un fugitivo camboyano, pero recogida en una escena de culto.

Eso sí, lo que la historia no dice es si podemos beber fijador en el aperitivo.

CORRESPONSAL DE FERIA

De Robert Capa a Jean-Louis Calderon, los reporteros de guerra que han seguido el camino de la aventura hasta exponerse a un riesgo excesivo son legión. Rindamos aquí un sentido homenaje, aunque sea de pasada, a Ryszard Kapuściński, corresponsal de un periódico polaco, que se encontraba por casualidad en Honduras durante el inicio de la inverosímil Guerra del Fútbol de 1969. Cuando El Salvador le declara la guerra a su vecina después de los partidos eliminatorios de la Copa del Mundo, el polaco, contento, se da cuenta de que es el único periodista capaz de cubrir el notición del año y se precipita al frente con sus aparatos y su brazalete de prensa. Allí descubre con estupefacción un detalle inesperado: los hondureños y los salvadoreños, con la misma lengua, la misma cultura y el mismo origen étnico, llevan casi el mismo uniforme y alcanzan tal nivel de mimetismo que enarbolan prácticamente la misma bandera, una manchita más o menos.

Entre la agitación de las dos tropas enemigas, donde se mezclan las respectivas milicias, a Kapuściński le cuesta saber en qué bando está y, en varias ocasiones, ignora a qué ejército acompaña. Se ve obligado a preguntarles a los soldados, que también están algo perdidos, en qué bando se encuentran. Y, para complicarlo todo un poco más, el periodista es corresponsal de un país del Pacto de Varsovia, mientras que los dos beligerantes sienten el mismo horror histérico hacia los comunistas. No muy cómodo con la situación, el reportero teme los controles, pero a los militares, desbordados, les cuesta tanto leer el nombre de su carné de prensa que cada dos por tres lo dejan marchar. Por suerte, como lo absurdo mata más que los cohetes, esta guerra dura solo tres días, y los periodistas de la competencia no logran alcanzar al reportero despistado antes del alto el fuego.

DE DIEULEVEULT, A LA CAZA DEL EMBROLLO

1985

No cabe duda de que uno de los fundadores de la serie «en mi casa tan a gusto mientras los aventureros se desloman para que nos divirtamos» fue el juego televisivo *A la caza del tesoro*, emitido en Antenne 2 durante los años ochenta. Desde el estudio de la cadena en París, los concursantes, mediante la resolución de una serie de enigmas, tenían que ayudar a un aventurero enviado por el programa para encontrar un tesoro escondido en los lugares más variados del planeta. El aventurero ideal, joven, telegénico, viril, deportista y gracioso descubierto por el departamento de producción se llamaba Philippe de Dieuleveult. Suspense, acción, riesgos, exotismo, motores rugientes de coches, motos, helicópteros…, el programa contaba con todos los ingredientes para gustar y fue un rotundo éxito desde 1981 hasta 1985, tanto que pasó de la programación de tarde a las horas de máxima audiencia del domingo y elevó a nuestro trotamundos al nivel de ídolo de los aventureros en pantuflas.

Pero he aquí que entonces el éxito se le sube a los pectorales y pide un segundo helicóptero para filmar sus piruetas. La cadena empieza entonces a poner pegas: un helicóptero es demasiado caro y, aunque nuestro programa abarque una buena cuota de mercado, Míster Superhombre debería bajar un poco sus exigencias. Le niegan el helicóptero y el héroe, ofendido, se larga de un portazo. Pero como la reserva de aventureros está hasta arriba, solo hay que darle a la manivela para reemplazarlo al instante.

Al año siguiente, el héroe televisivo que ya no tiene televisión donde aparecer decide participar en una competición de *rafting* en el río Congo, rebautizado como Zaire por un potentado local, un tal Mobutu. La expedición África Raft, compuesta de dos grandes botes neumáticos y de una decena de participantes, pretende descender los rápidos de Inga, cuya reputación de infranqueabilidad hace temblar tanto a los profesionales del *rafting* como a los cazadores de palabras horribles.

Los rápidos de Inga son, a imagen de uno de los ríos más grandes del mundo en su caudal máximo, monstruosos. Con corrientes apocalípticas y olas de varios metros, jamás una embarcación ha llegado sana y salva hasta el final. Se trata de un verdadero desafío para nuestro viril conquistador, sin contar con que detrás de los peligros mortales que acechan en las rocas se perfila el estreno mundial del resentimiento internacional.

Y son monstruosos hasta el punto de que, aquel mismo 6 de agosto de 1985, cuando las dos grandes zódiacs están ya preparadas en la ribera para partir con el estruendo del río, dos miembros de la expedición, a pesar de ser deportistas experimentados, se amedrentan. El descenso les parece demasiado peligroso y deciden quedarse en tierra. Tienen razón. Las dos zódiacs se alejan con sus siete ocupantes y no se les volverá a ver con vida o, mejor dicho, no se les volverá a ver, sin más.

A partir de aquí la historia se enrevesa, ya que en esta tragedia previsible pronto se introducen serias sospechas por razones variadas y demostradas:

- La región es estratégica. En el río Congo hay dos grandes embalses, el Inga I y el Inga II, que proporcionan una buena cantidad de energía al país. A causa de todas las rebeliones armadas, endémicas en Zaire, estos lugares constituyen un objetivo prioritario.

- El ejército de Mobutu que vigila la zona, tan numeroso como mal pagado (salvo las unidades de élite próximas al presidente) no está en la vanguardia de la competencia militar, aunque eso no es un secreto para nadie.

- Por el contrario, lo que sí es un secreto que se descubrirá de manera paulatina es que Dieuleveult pertenecía a los servicios secretos franceses. Estrella de la tele y espía, dos papeles que rara vez coinciden, pero tampoco es fácil encontrar un superhombre. Aunque era capitán de reserva de la DGSE (Dirección General de Seguridad Exterior), no estaba de servicio ni en ninguna misión durante la época de la expedición, como siempre han afirmado sus superiores, aunque ellos dicen lo que tienen que decir y las suposiciones más diabólicas son tentadoras, sobre todo en este contexto. El régimen de Mobutu es una inmensa mezcla de corrupción, prevaricaciones, complots y dobles juegos sangrientos arbitrados por un autócrata versátil que maneja alianzas ocultas y que favorece a unos u otros en el corro de clanes y grandes intereses extranjeros: belgas, franceses, ingleses, americanos…

De los siete desaparecidos, solo se encontró un cadáver, y las investigaciones oficiales de las autoridades zaireñas y francesas, que habían llegado a la conclusión de que fue un accidente, pronto quedaron invalidadas.

Han pasado más de treinta años desde las desapariciones, Mobutu fue a parar al cubo de residuos de la historia, Zaire ha vuelto a ser el Congo y el desfile de matanzas y miseria no ha cambiado mucho, pero en lo que respecta al asunto África Raft, las décadas que han transcurrido no han servido más que para acumular suposiciones y nuevas dosis de confusión con cada nueva revelación. Descubrimientos verdaderos o falsos, detalles inexplicables o inventados, testimonios ciertos o inciertos de militares, funcionarios, exoficiales o simples don nadie, investigaciones periodísticas rectas o sesgadas, desde el asesinato político hasta el ajuste de cuentas interno de la DGSE, todo el mundo tiene su teoría, sus convicciones, su exclusiva. La desaparición de Dieuleveult y sus compañeros sigue siendo tan confusa que, entre los especialistas en la materia, compiten tres tesis donde las controversias están lejos de extinguirse:

1) El asesinato: la estrella de la tele, en una misión para los servicios secretos franceses, tenía que espiar el proceso de construcción de una nueva e inmensa presa, o quizás obtener información sobre las técnicas de remiendo de los uniformes

zaireños o la sexualidad de los cocodrilos. El contraespionaje mobutesco aprovechó el descenso de los rápidos para secuestrarlo, torturarlo y matarlo ahogándolo con mafé de yuca poco hecho, a él y a sus compañeros. Esta es la tesis que prevaleció durante la primera década de 2000, pero el documento en el que se basaba resultó ser falso.

2) La equivocación: la expedición tenía todas las autorizaciones y hasta el apoyo del presidente Mobutu. Pero los soldados que vigilaban la presa eran jóvenes reclutas poco experimentados con facilidad para la detención. Como no les habían avisado, confundieron las dos zódiacs con una escuadra de la marina china que pretendía atacar las instalaciones. Los mataron pensando que eran mercenarios y lanzaron los cadáveres al río cuando se dieron cuenta del error.

3) El accidente: dictada por la evidencia, además de ser la tesis oficial, esta explicación acabó por imponerse debido a su simplicidad. Si creemos a los especialistas del informe y a los supervivientes de la competición, no hay necesidad de conspiración ni de disparos para explicar la muerte de los deportistas, basta con echar un vistazo a los rápidos de Inga. Con respecto a la desaparición de los cuerpos, los cocodrilos y los peces carnívoros del río Congo tienen, según parece, una eficacia tremenda.

En cualquier caso, Philippe de Dieuleveult consiguió el prodigio de mantener los focos sobre sí mismo incluso después de su muerte.

STEVE IRWIN, POR LA COLA MATA EL PEZ

2006

Si el australiano Steve Irwin se convirtió en una estrella mundial con sus programas sobre animales emitidos en ciento treinta países fue porque representaba la esencia de todo lo que le gusta al público más amplio. Contaba con todo a su favor: para empezar, tenía cara de bonachón sonriente, muy guapete pero cachas, y a todo el mundo le gustan los cachas muy guapetes. Después, adoraba a los animalitos, y a todo el mundo le gusta la gente que adora a los animalitos. Además, era ecologista pero no se metía en política, solo con lo que es malo para el planeta, y a todo el mundo le gustan los ecologistas que no se meten en política, solo con lo que es malo para el planeta. Asimismo, era experto en ciertas criaturas a las que amaba por encima de todo, las peores de la creación, los más grandes y peligrosos reptiles: cocodrilos, pitones, boas, etc., con los que manifestaba la emoción del riesgo y de la aventura, y todo el mundo adora a los expertos que afrontan los riesgos y la aventura con sujetos de estudio espantosos. Por último, estaba rodeado de un equipo de colaboradores / as superjóvenes, superguapos / as y supersimpáticos / as que no protestaban si tenían que dejarse comer una pierna en caso de necesidad, y a todo el mundo le gustan las estrellas que van acompañadas de un equipo superencantador dispuesto a cualquier cosa con tal de conseguir audiencia.

Rodeado de escamas desde su más tierna infancia —su padre, herpetólogo, y su madre, ecobióloga, fundaron el primer zoo de reptiles de Australia— encontró la iluminación a los nueve años, el día en que le contaron aquel chiste inmortal según el cual el único animal que tiene cuatro ues en su nombre es el cucudrulu y el único que tiene seis es utru cucudrulu. Tras erigirlo en obra maestra del humor universal y repetírselo diez veces al día a sus allegados hasta espantar a todos sus amigos, decidió dar un paso más.

Le llegó el éxito cuando tuvo la idea de grabarse mientras entrenaba kung-fu con los lagartos de sus padres, mientras los peinaba, los ordeñaba, les lustraba las escamas o les susurraba palabras de amor. La base de su programa *El cazador de cocodrilos* descansaba en los pilares inalterables de dos dentaduras: la de los bicharracos que sostenía en brazos, capaces de descuartizar a un operador de cámara de un bocado, y la suya propia, que iluminaba las pantallas LCD con la carismática blancura de su sonrisa. Por suerte, la tele olorosa no existía, porque los espectadores habrían descubierto el aliento insoportable de los grandes reptiles carnívoros y el mal gusto del animador por las colonias.

El caso es que su fama aumentó de programa en programa a partir de 1992 a la manera de un Cousteau de las marismas. El formato era siempre el mismo: el estereotipo del buenazo fortachón pero astuto que desafía el peligro por una buena causa y les da besos en la boca a animales grandes y venenosos y repugnantes, reptiles gigantes, serpientes mortales, arañas asesinas y tiburones devoradores de hombres, mientras estremece a la audiencia embargada por una mezcla de simpatía y repulsión en dosis bien calculadas. Se convierte en el aventurero de las mandíbulas trituradoras, en el explorador de los aguijones mortíferos, en el manoseador de glándulas venenosas. Si hubiera existido una especie de canario gigante devorador de hombres, Irwin habría añadido la domesticación de canarios a su historial. Además, el zoocomicastro logró la proeza paradójica de aparecer como un defensor de la naturaleza salvaje cuando en realidad se pasaba el día tocándoles las narices a unos animales que lo único que querían era vivir en paz.

Y el triunfo aumentó todavía más cuando se casó con una mujer tan guapa como buena gestora, de nuevo una combinación ganadora en ambos aspectos: a la gente en general y a los *paparazzi* en particular les gustan mucho las estrellas que tienen una mujer guapa y unos niños guapos. Y no está de más si encima ella tiene sentido de los negocios (aunque a algunas malas lenguas les rechinara que el papá pródigo apareciera, suponemos que con consentimiento de la mamá, dándoles de comer a sus bestias con un bebé en una mano y un trozo de carne en la otra, pues si se llega a equivocar de mano habría sido una supersecuencia para un programa de gazapos). En esa misma época puso de moda los «LOL crocodiles», fotos graciosas subidas a internet donde aparecían cocodrilos con tu ropa interior, detrás de tu volante, en la cama con tu cónyuge, con la cola de tu perro por fuera de la boca, tumbados en la piscina con tu cuñada… Gracias a él, el cocodrilo se convirtió en un vector, en un argumento de venta, en un generador de audiencia, fabricaron incluso cocodrilos de piel de cocodrilo. A pesar de todo, su patrocinador principal no era Lacoste, sino Toyota. El entusiasmo televisivo en su país se volvió fervor y el éxito internacional de sus programas convirtió a Irwin en el embajador casi oficial de la oficina de turismo australiana en el mundo.

Sin embargo, en su momento de mayor gloria, uno de los animales importunados se hartó. Para colmo, no fue un cocodrilo. La raya es en general un pez apacible e inofensivo, y la lentitud elegante de sus movimientos hace que sea propicia para la promiscuidad intrusiva de los buceadores, a quienes les encanta acompañarla, acariciarla o montarse encima de ella para surfear. Pero hay un tipo de raya, arisca y vengativa, con la que estas carantoñas no funcionan. La raya látigo tiene un aguijón muy venenoso y, si le tocan las gónadas, no tiene ningún reparo en utilizarlo porque, de hecho, es un acto reflejo: cuando algo pasa por encima de su aleta, ella pica. Y sabiendo la forma que tienen de camuflarse, que se aplanan en el fondo y se recubren de arena, no es ninguna broma. Por esa razón, las rayas látigo no son bienvenidas en los balnearios: si cualquier bañista pisa una, tiene que ir a urgencias de inmediato, aunque por suerte es bastante raro que esto suceda. La picadura de la raya, tremendamente dolorosa, no es letal por sistema, pero puede serlo en determinadas circunstancias (si hay infección, si alcanza un órgano vital, etc.).

Como cualquier criatura grande con un aguijón mortal, esta tenía que atraer a Steve Irwin un día u otro. En septiembre de 2006, su equipo de producción ocupó un arrecife de la barrera del coral del noreste de Australia para grabar al presentador mientras trataba de venderle una renovación de ventanas a una raya instalada tranquilamente delante de su tele. Las cámaras se encienden, acción, y vemos cómo al temerario que ha manoseado todos los aguijones venenosos del mundo no le da tiempo ni a presentarse cuando se encuentra con el aguijón en el tórax. En la zona del corazón, donde menos falta hace. La muerte del presentador queda grabada de principio a fin. Su mujer, Terri, aseguró después que se destruyeron todas las copias, pues ella sabía bien la tentación irresistible que podría suponer esta secuencia para cualquier responsable de un medio de comunicación moderno, por lo general preocupado por la salud financiera de su empresa.

La muerte de Irwin se recibió como un drama en Australia. El Gobierno propuso un duelo nacional y, en el mundo entero, sus numerosos seguidores, que esperaban desde hacía diez años a que se lo comieran los cocodrilos, lloraron de decepción. Los únicos que se rieron fueron los gamberros de la serie *South Park*, que representaron varias veces al personaje con una raya clavada en el pecho. Y todos sus competidores de la ecofarándula lloraron la muerte del cazador de cocodrilos con lágrimas de… ehh… de carpa dorada.

«DROPPED»,
HÉLICE EN EL PAÍS DE LAS MARAVILLAS
2015

El final del siglo xx y el principio del xxi han visto llegar a la tele el éxito creciente de los juegos de telerrealidad sobre el terreno: estamos delante de la pantalla con una cerveza en la mano mientras otros fingen tener miedo al moverse por lugares imposibles donde nosotros no iremos jamás. Casi todas las televisiones del mundo producen estos programas sobrecogedores cuya gracia aumenta todavía más cuando los participantes son los famosos de turno.

Y luego, un día, el riesgo inherente a la aventura, a lo imponderable, a lo aleatorio, aparece en escena para recordar que no todo es gratuito, que no siempre es controlable, que las sorpresas están siempre listas detrás del telón y que, a fin de cuentas, la carne perece. El programa de telerrealidad de origen sueco *Dropped* fue una de estas producciones, aunque el prototipo más popular en la actualidad es *Supervivientes*. El funcionamiento de *Dropped* consistía en soltar en plena naturaleza a varios personajes famosos supuestamente aptos para los desafíos físicos, ya que eran deportistas de medalla. Una vez abandonados en lugares certificados como salvajes, llenos de animalitos y de espinas, estos campeones tenían que llegar a la civilización sin mapa ni brújula, prueba por la que ha pasado cualquier aventurero honesto cubierto de sudor con trazabilidad garantizada. En 2015, la cadena francesa TF1 lanzó esta producción, cuya emisión estaba prevista para el verano. Seleccionaron a ocho atletas célebres, adorados por los franceses, pertenecientes a todas las disciplinas, desde el fútbol y el ciclismo hasta la vela y el patinaje artístico. El rodaje se llevaría a cabo en Argentina, donde, entre horizontes infinitos de soja transgénica, existen algunos pedazos de naturaleza que parecen lo bastante salvajes y exóticos como para mostrarlos en una emisión de este coste en hora de máxima audiencia.

Lo más singular del asunto fue que la catástrofe se produjo no a causa del juego en sí mismo ni de los peligros corridos durante las trepidantes peripecias de los jugadores, sino por culpa de un infortunio banal entre bastidores, un simple accidente de transporte, aunque no fue con un Twingo, sino con dos helicópteros. El primer episodio ya se había grabado, qué bien todo y cómo mola mi gramola, uno de los concursantes había sido eliminado como marcaban las reglas, el futbolista Wiltord volvía a casa con la cabeza gacha y comenzaba la grabación del segundo programa aquel 9 de marzo de 2015. Un helicóptero transportaba a los concursantes con los ojos vendados como si jugaran a la gallinita ciega —les habían hecho girar incluso para desorientarlos, ¡qué graciosos!—, y un segundo helicóptero grababa al primero, a cuyos pilotos no les habían puesto venda, según parece. Los dos aparatos argentinos de tipo Écureuil, uno de ellos estatal y prestado por el Gobierno de la región, despegaron de la localidad de Villa Castelli, en los contrafuertes de la cordillera de los Andes, para transportar a los jugadores al lugar de la acción. Cuando se produjo el accidente los dos aparatos volvían al pueblo, sin duda para grabar planos verticales o de otro tipo.

No todos los días Francia pierde de golpe a un pelotón de campeones de primer nivel, tres estrellas de los podios mundiales, y menos aún por las necesidades de un programa para el gran público. Su muerte fue una verdadera mina de azúcar fluorescente para la prensa del corazón sobreexcitada, seguida por la totalidad de los medios de comunicación entre ríos de lágrimas y por innumerables artículos que comentaban las diversas investigaciones policiales de las autoridades argentinas y francesas, con multitud de pseudorrevelaciones, acusaciones ciertas y suposiciones elucubratorias.

Pero parece que la verdad es tristemente simple: de todos los participantes en el juego, los más nerviosos no eran los concursantes, sino los pilotos, que estaban pálidos bajo el rotor. Aunque eran dos exmilitares experimentados del ejército argentino, viejas figuras de los mandos que conocían la región igual de bien que su deber, no todos los días unos pilotos con galones y Rayban transportan al equipo televisivo de un gran país europeo con un puñado de campeones respetadísimos a bordo. Tal vez la causa fuera cierta desconcentración agravada por el ambiente de nervios de un rodaje costoso y, algo que tampoco ayudaba, por un retraso de varias horas en la planificación. Pero nadie podrá confirmar